湖南少年儿童出版社
HUNAN JUVENILE & CHILDREN'S PUBLISHING HOUSE

图书在版编目（CIP）数据

轻樱团夏日奇缘 / 松小果著. —长沙 ：湖南少年儿童出版社，2017.4
ISBN 978-7-5562-2696-2

Ⅰ. ①轻… Ⅱ. ①松… Ⅲ. ①长篇小说－中国－当代 Ⅳ. ①I247.5

中国版本图书馆CIP数据核字(2017)第070764号

PUBLISHING & MEDIA
中南出版传媒

QINGYINGTUAN XIARI QIYUAN
轻樱团夏日奇缘

责任编辑：刘艳彬
总 策 划：熊　静
特约编辑：袁　卫
文字编辑：毛泳洁　曾丽贞
装帧设计：杨思慧
插画制作：索·比昂卡创作组（三颗猫饼干　飞翔舞）
文字校对：曾乐文

出 版 人：胡　坚
出版发行：湖南少年儿童出版社
地　　址：湖南省长沙市晚报大道 89 号　邮　　编：410016
电　　话：0731-82196340（销售部）　82196313（总编室）
传　　真：0731-82199308（销售部）　82196330（综合管理部）

经　　销：新华书店
常年法律顾问：北京市长安律师事务所长沙分所 张晓军律师
印　　刷：湖南省众鑫印务有限公司
开　　本：660 mm × 960 mm　1/16
印　　张：16　字　　数：180 千字
版　　次：2017 年 4 月第 1 版　印　　次：2017 年 4 月第 1 次印刷
定　　价：25.80 元

目录

CONTENTS

目录

CONTENTS

第一章

踏进娱乐圈的第一步

1.

破晓时分的尚都市和平时的繁华不太一样，压抑的灰蓝色笼罩着这座未清醒的城市，让一切生动都远去。没有行人、车鸣，也没有风声，只有零星的路灯洒下昏黄的光，它们孤独而倔强地站在原地，守卫着这份平静。

不远处寸土寸金的黄金三角洲上，一栋帆船造型的四层高小楼还亮着灯。帆船一样的线条让它看上去就像即将扬帆起航的巨轮，楼前高高立着的三根旗杆，就像笔直的桅杆，挂着的白色旗帜便是那扬起的风帆。

这是秋元公司的总部所在地，也是无数少男少女梦想开始的地方。

此时这艘帆船的底下——算起来可能是三等舱里，蓝天白云的背景墙边摆着一整面大镜子，高瓦数的白炽灯把整个房间照得通亮，让人根本分不清外面到底是什么天色。

在激昂的背景音乐里，一个女声突兀地传来，响彻房间的各个角落——

“许轻樱，你的手没有举到耳边，再抬高点！”

“好，跟着我的手势转圈，对，再转一次。”

“注意走位，不要撞到旁边的人。王安琪，你再往右边一点。”

短短三分十秒的歌曲，镜子里映出的十六个人已经至少变换了八种队形，唯一不变的，是正中央位置戴着白色口罩的女生，也是这十六个人环绕的中心——许轻樱。

许轻樱尽量让自己沉浸在音乐里，可是已经足足排练了九个小时，这让她现在连笑都笑不出来。

她从镜子里悄悄看了看站在右后方的苏妙娜。苏妙娜被汗水打湿的长发已经用白色蕾丝绑住扎成了马尾，露出光洁白皙的额头。穿着蓝色舞蹈服的她正轻巧地跟着老师做动作，虽然黑眼圈很重，但她的眼睛紧紧盯着镜子里的人，仿佛除了自己，她已经看不见其他人。

许轻樱只能在心里默默给她点了个赞，这种体力好得像是每天都喝了奇迹药水的人，她可比不了。

随着音乐，许轻樱一个侧身，视线又落在了左后方的彭芃身上。永不离身的增高专用蝴蝶结绑在脑袋上成了巨大的累赘，她的眼睛也盯着面前的练功镜，只是此刻目光正在成员们身上扫视。

糟糕！许轻樱赶紧收回视线，一不小心跟她四目相对！

“许轻樱，别分心！快跟上动作！”舞蹈老师走了过来，轻声呵斥。

许轻樱赶紧收回思绪融入舞蹈。

在最后一个定格动作后，十六个人连分开都没顾上就顺势倒在了地上，横七竖八地霸占着踏过无数次的胶质地板。

舞蹈老师无奈地摇了摇头，朝彭芃看了看。

刚刚还摊成“大”字形的彭芃立马坐了起来，伸手在许轻樱身上拍了拍：“坐好。”

“哦。”许轻樱撇撇嘴，不情不愿地起了身，毕竟队长的面子还是要给的。

看见她们俩都起来了，其他女生也只得从酒红色的地板上爬起来，抬起头等着面前的舞蹈老师新一轮的讲评。

“大家做得很好，坚持通宵排练都辛苦了。”舞蹈老师说着，看着面前从意气风发变得精疲力尽的少女们，笑了笑，“但是要知道，过两天是我们Pinkgirls（粉红女孩）第一次参加电视台的音乐节目，如果你们练得不好，那一切都是白费。”

老师的话像一颗投入湖心的石子，在许轻樱的心里掀起阵阵涟漪。原本志向是做演员的她，阴差阳错进了女团，而后天，就是女团第一次站在电视台的聚光灯下接受无数镜头检验的时候。

“今天的排练就到这里，希望大家晚上也能保持这个状态。”老师说完，推开练习室的玻璃大门离开了。

直到老师的背影消失，扎着双马尾的甜甜才忍不住大声哀号：“啊，今天晚上还要练啊？我感觉自己的双腿都要肿成萝卜了。”

“我也是我也是，现在恐怕连神仙水也没法挽救我脸上的大毛孔。”

“算了吧，看看我的黑眼圈，这才是铁证。”

叽叽喳喳的声音很快填满了整个练习室，许轻樱戴着口罩的脸上早已一片麻木，她嘟囔道：“拜托，有什么好说的，现在回家好好睡个觉才是关键！”

仿佛听见了她的吐槽，彭芃率先站了起来，居高临下地看了看其他人。说话的声音慢慢小了下来，最后变成一片安静。

“那么我们就按老师说的，晚上六点半过来集合训练吧。”彭芃看着队员们脸上的疲色，又淡淡地补充了一句，“梦想即将实现，只差这最后一步，希望我们能一起加油迈过去，聚光灯、粉丝、应援、演唱会，我们通通都会有的。”

彭芃说完挥了挥手，示意大家解散，随后拉住了身边许轻樱的手，示意她等会儿走。

彭芃又要进行思想教育了。许轻樱心里的小人儿已经在哭泣。

许轻樱看着苏妙娜最后一个走出房间时，忍不住泪眼汪汪地看着她求救，恨不得脑袋上生出一张双手合十拜托的动态图片来。可苏妙娜只是朝她耸耸肩表示无能为力就离开了，走时还贴心地关紧了门。

随着“啪”的一声脆响，许轻樱似乎听见那希望之门关上了。

“轻樱，我要严肃地跟你说件事。”

来了，来了，彭芃教育人的专用台词第一句来了！

许轻樱耷拉着脑袋，表现出很惭愧的样子。她知道，只有认错态度良好才能让彭芃快点消气。

“轻樱，你是我们Pinkgirls的中心知不知道，你的动作失误或者不到位，会让所有人都以为我们团队跳错了。”彭芃有些无奈，“特别是走神，在舞台上一旦被摄像机抓到，观众会怎么想？新闻报道又会用什么标题？”

“我错了，真的错了，以后再也不这样了。”许轻樱恨不得举双手投降。彭芃什么都好，就是这种时候太严肃，让她压力很大。

“你一定要清楚自己的位置，千万不能犯错。也许有人就等着你犯错抓我们组合的把柄……”

彭芃的碎碎念还在继续，许轻樱忍不住拿出手机，想做点什么打发时间，可是一看屏幕，大大的7：20像一盆冰水直接泼到她身上，让本来还有些迷糊的她瞬间清醒了。

许轻樱匆忙站起来，随手抓过地上的红色小斗篷套在身上，连练功服都没有换，就急急忙忙向门口走去。

关门时看到有些目瞪口呆的彭芃，许轻樱指了指手机，说："亲爱的队长大人，我今天早上第一节还有课，再不走要迟到了，晚上会提前来听你的教导的，我保证。啊，还要请你跟经纪人说一声，上完课我自己会回来的，不用去接我啦！"说完，她一个帅气的转身，拎着自己的随身背包向不远处停着的出租车跑去。

"师傅，麻烦去庆南大学。"许轻樱在后座一边说着，一边打开了化妆包。

变身吧，许轻樱！

2.

庆南大学的早晨，从陆续参加锻炼的学生开始。靠近学校正门的南操场上，穿着红白相间篮球服的男生们正拿着篮球在练习，不远处的塑胶跑道上，戴着耳塞、穿着运动服的学生在跑步，拍着手、听着广播的老爷爷在绕着操场走路。

随着刹车声，正门口停下了一辆红色出租车，一只穿着白色牛津鞋的小脚先从车门里踏了出来，然后穿着黑色紧身裤的长腿才从出租车里迈了出来，上身红色的斗篷小外套帅气又不失娇俏，遮住了里面还没来得及换下的打底衫。

许轻樱打开手机看了看，八点十五，还有一会儿才上课。

她整了整自己的斗篷，又拿出化妆镜看了看自己的脸。拍了粉底的脸上早已褪去了暗沉，婴儿一样的肌肤让她整个人显得神采奕奕，无线睫毛膏让她的眼睛又大又亮，同款唇膏则让她整个人的气色显得健康滋润。

美美地检查过自己的妆容后，许轻樱端正姿态，回忆着形体课老师的要求，尽量走得优雅大方。红色斗篷就像一团吸引人的火焰，牢牢抓住了路人的目光。在得到操场边意料之中的口哨声后，许轻樱终于满意地拐了个弯，走进了教学区。

“3102，3102……”一路念一路找，许轻樱终于在上课铃响起之前找到了教室。可是想到自己糟糕的睡眠时间，她只好暂时放下骄傲，猫着腰悄悄从教室后门走进去，选了教室最后一排角落的位子坐下，尽量不引人注意。

既没有住校也没有时间跟同学们多交流的许轻樱，就像一个孤独的点，以她为圆心的两个座位的范围内都没有同学，这让她既安心又有些失落。

随着穿着妥帖西装、头发花白的齐教授走进教室，许轻樱暂时把这些情绪都收了起来，安静地拿出了《英国文学史》。

齐教授是早年曾经留英的留学生，归国时把英伦风也带了回来，现在已经六十多岁的他，看上去就是一位老绅士。

每次上课他都一丝不苟地穿着西装三件套，胸前挂着镶金的镂空雕花怀表，左胸的西装口袋里还有用手帕叠成的白色口袋巾，他偶尔还会拿一根纯黑的手杖。

许轻樱怀着尊敬的心情翻开课本，随着齐教授的讲解做笔记。可是平常听着如同大提琴音般醇厚的教授的声音现在听来却轻柔得如同催眠曲，她的头忍不住跟着一点一点，最后磕在课桌上，脑袋里已经一片模糊。

一分钟，就让我睡一分钟……许轻樱在心里呢喃着。

通宵排练的后遗症慢慢出现，短暂的清醒期渐渐过去，许轻樱的大脑变得混沌起来，整个人就像陷入了柔软的云端，身下的课桌像是铺了一层棉絮，无比舒适。

“许轻樱，醒醒。”

一根白皙修长的手指轻轻戳了戳许轻樱的头，她没有反应，只是侧过脑袋让了让。旁边的人显然不死心，又重重地戳了戳她的脸颊。

还让不让人睡觉了？许轻樱不满地伸出手，往脸颊旁边重重一拍：“啪！”

这声音打断了齐教授的讲课，教室里一时安静得只能听见窗帘被风吹动的声音。

催眠曲突然中断让许轻樱有些不习惯，她慢悠悠地抬起眼皮，迷糊地在教室里扫视了一圈，却发现不管是两米外的同学还是讲台上的教授都皱着眉头盯着她，仿佛她不该出现在教室里。

而真正不该出现在教室里的人，此时正大大方方地坐在她身边，连个眼神也没有投给她。

许轻樱坐直身子，不好意思地笑了笑，然后低下了头。

齐教授看了看正襟危坐的两个人，转过身继续讲课。

许轻樱这才看向身边的人。从清晨走来的他仿佛身上还带着露珠的清新味道，简单的浅蓝色牛仔服配黑色打底衫，再配上军绿色的迷彩裤和黑色马丁短靴，他简直就像是从时尚杂志上走下来的模特。

蓬松的栗色短发衬得他肤色雪白，高挺的鼻梁上架着一副宽大的圆形黑框眼镜，眼镜不仅没遮住他宝石一样的眼睛，圆形设计反而修饰了他完美的脸型，显得眉眼更加深邃。

如四月樱花般漂亮的薄唇此刻微抿着，许轻樱却知道他一旦笑起来唇角会露出一个浅浅的梨涡，仿佛能让人溺毙在那不外露的温柔里。

所有人都以为他是偏偏贵公子，只有许轻樱知道他这样的外表下究竟掩藏着多么恶劣的灵魂，毕竟从幼儿园开始，两个人的孽缘就结下了。

可是这个叫徐晚乔的家伙明明填报的是隔壁的大学，怎么又出现在自己的课堂上了？许轻樱有点纳闷。

“徐少爷，你怎么会在这儿？”许轻樱匆匆拿出手机打上字问他。

“我愿意。”

徐晚乔面无表情地把手机丢了回来。

看见手机上的字，许轻樱忍不住伸出手在桌下掐了他一把。

“啊……你干什么？”徐晚乔压低声音问旁边的罪魁祸首。

“我才要问你干什么呢，好好的跑到我的课堂上来打扰我上课，本小姐很忙的知不知道？”

“我看是打扰你睡觉才对吧？”

“你……”

“许轻樱同学，请你跟你旁边那位男同学站起来。”忍无可忍的齐教授终于出声。睡觉他忍了，发出声音他也忍了，可是现在居然光明正大地在他的课堂上聊天，就算是绅士也忍不了！

“现在离下课还有十分钟，请你们二位保持这样的姿势到下课。至于许轻樱同学的平时分，我会酌情处理。”

齐教授的话一出口，许轻樱忍不住抬起头来，语调有些慌乱地说道：“教授，我……我不是故意的，我的成绩……”

“许同学，希望你不要再耽误同学们的听课时间。”齐教授说完，继续讲课。

许轻樱解释的话就这样卡在了喉咙里。

徐晚乔在桌下抓住了她的手，却被红了眼睛的她一把甩开。

哪怕通宵排练，哪怕公司安排的行程再满，许轻樱也会保持上课的出勤率。她知道自己花了多少精力才考上庆南大学，也知道自己一只脚已经站在了娱乐圈门口，她两边都不想放弃，所以把自己逼成了超人。

可是现在……超人要摔到地上了。

通宵排练的疲累和此刻的气愤让许轻樱脑袋混沌，连一旁徐晚乔抛来的眼神她都懒得接。

下课铃声响起时，许轻樱还在呆呆地站着。原本站在一旁的徐晚乔突然从抽屉里拿出许轻樱的随身背包，拉开拉链从里面拿出了已经装订好的薄薄的几张纸。

看着旁边无动于衷的许轻樱，徐晚乔干脆一使劲把她拉离了座位，从中间的过道不断往前挤，终于走到了正收拾东西打算离开的齐教授面前。

“齐教授，对不起，轻樱是来跟您道歉的。”徐晚乔开口。

齐教授停下手中的动作，抬起头看了红着眼睛的许轻樱一眼：“许同学，你对不起的不是我，是你自己学习的时间。”

“教授您说得对，轻樱这样确实太不应该。不过她对学习是真的很用心，哪怕昨天通宵排练也没有耽误今天早上您的第一节课。”仿佛是怕眼前严谨的教授不相信，徐晚乔又把那薄薄的几张纸递了过去，“教授您看，这是您之前布置的论文，轻樱虽然在公司忙着练习，但也查了很多资料用心完成。”

齐教授接过论文，仔细地看了看，论据翔实，出处有据，一看就知道做了很多功课，口气不禁软了下来："既然这样，许轻樱同学，你要保持，但是以后不能在课堂上睡觉或者说话了。"

"好的，谢谢教授。"这是……获得原谅了？许轻樱有些不敢相信。

等教授一离开，徐晚乔有些恨铁不成钢地说："你是不是傻啊，光在那儿站着有什么用，你不说教授怎么知道你有多努力？"

"还不是因为你！徐晚乔，别以为这样就了结了，告诉你，要是期末我这门课成绩不好，你要负责！"

"我负责，我负责！要是期末教授不给你A，我就带着你上他家门口负荆请罪去。"

"你……给我滚！"

"我不滚。"

"徐晚乔，你今天出门没吃药是不是？你自己的学校出门右拐，不要耽误本小姐的大事。"许轻樱一把抢过他手上自己的背包，努力在里面翻找着。奇怪，她明明记得自己排练前特意把东西塞进包里了，怎么找不到了？

"你在找这个？"

对面的徐晚乔扬了扬手上的A4纸，背后的黑色粗体签名让她一眼就认出来那是自己正在找的课表。

"我说你这个人……怎么能随便拿人家的东西呢？快还给我。耽误了我的时间害我被教授骂，你担得起吗？"许轻樱一把抢过课表，在确认了后天的修辞学课程时间后，心里又有点犯难了：怎么搞的，居然又是一大早。按经纪人金北的意思，登台前这几晚都要通宵练习，可是修辞学的作业还没有搞定。

想到这里，许轻樱的脸色有些糟糕，连粉底也遮不住她脸上的青白。算了，只能放弃补觉计划，先去图书馆拼一把了。

“你怎么了？又纠结些什么呢？”就在她为自己的睡眠默哀的时候，徐晚乔的一只手摸上了她的脑袋，顺便戳了戳她的丸子头，“有什么事你说出来，能帮忙的，我就大发慈悲帮帮你。”

“算了吧，要真这么好，当初说好考同一所学校的时候，你也不会临时变卦去了隔壁学校。我有事哪敢劳烦隔壁学校的同学啊？”许轻樱忍不住翻了个白眼。当初是谁口口声声说青梅竹马就应该一直在一起的，现在呢？

“我……”似乎没料到许轻樱会这么说，徐晚乔无可奈何地笑了笑，有些失落地把手拿下来，“当初也是有原因的……算了。你说不说？许轻樱，你最好老实告诉我，要不然我就把你五岁还认错妈妈的糗事说出来！”

“嘘，你小声点！”许轻樱恨不得上前捂住这个人的嘴巴。她紧张地看了看周围还没有离开的同学，见没有人望过来才松了一口气：“你怎么管得比我妈还多。”

虽然不太情愿，但许轻樱还是把自己打算牺牲睡眠时间去图书馆学习的事情告诉了他。说完，她还忍不住自我表扬：“看吧，我都没想到我能这么热爱学习，简直是我们庆南大学的‘学习之星’！”

可是听到她这些话的徐晚乔脸色越来越黑，听到她自吹自擂的话后，他终于忍不住抬手给了她一个栗暴：“你有胆子就试试！许轻樱，要我提醒你这个月你已经熬过几次夜了吗？你这是拿自己的生命在开玩笑！”徐晚乔越说越气，“不行，我要把你送回家，立刻、马上让你进入睡眠模式！”

他不由分说地抢过许轻樱手上的包，然后拉着她直接出了教室，往学校大门口走去。

“我今天刚好开车过来了，现在就送你回去。”

虽然是上课时间，但此刻校园里来来往往的同学也不少。冰山脸帅哥搭配一脸惶恐的小美女，这样的组合一走出教学楼，立马就吸引了很多人的视线。

许轻樱被徐晚乔拖着，单手从包里拿出墨镜戴上。经典的黑色大框立马遮住了她大半张脸，衬得她的脸越发小巧精致，整个人的气质也变得冷艳。

只是此时在众人眼中无比冷艳的许轻樱，墨镜后的眼睛正不受控制地扫向前面拉着自己没说话的人，小心翼翼地观察着他的脸色。

不要怪她怯懦，青梅竹马十八年的经验告诉她，生气的徐晚乔不能惹，生气的徐晚乔更不能反抗，这是她用多年血泪教训换来的。

可是没想到，他们刚刚走出学校大门，居然真的有不长眼的女生撞了上来，还自动忽略了她的存在。

一个长着娃娃脸、穿着白色水手服的女生直接从对面跑了过来，兴奋地对着徐晚乔说：“学长，好巧！我叫林弯弯，也是编导系的学生，我们之前见……”

她还未说完的话生生堵在了嗓子眼里，因为徐晚乔连个眼神都没投给她，长腿一迈就从她的身边走了过去。

擦身而过的瞬间，许轻樱仿佛听见了女生心碎一地的声音。

亲爱的小学妹，虽然徐晚乔号称“翩翩君子，温润如玉”，所有人都以为他是温柔的学长，但那只是他心情好的时候，不包括他生气的时候。真正的他，其实就是这么恐怖！

透过墨镜，许轻樱看到了可爱学妹委屈的神情，她不得不甩开了徐晚乔的手，朝还站在原地兀自伤心的女生说：“学妹，你别伤心啊，你学长今天只是心情不好，没关系的，他不是存心不理你！”

“跟不认识的人说什么废话，赶紧上车。”已经坐进车里的徐晚乔丝毫不留情面地说道，让脸色刚刚好转的林弯弯泪如雨下。

看着林弯弯哭着跑开的背影，许轻樱慢腾腾地坐到了副驾驶位上。

随着方向盘一转，刚系好安全带的许轻樱忍不住抓紧了窗户上的扶手。她内心悲伤不已，不就是吹牛要当“学习之星”吗，哪里又惹到他了？

“甄姨发来微信，我让他们去我家打牌了，你家现在没人。你下午就老老实实在房间补觉，不会有任何人打扰你。”徐晚乔一边熟练地打着方向盘，一边定好了她的日程。

“徐同学，你这样单方面决定一切很容易没朋友的，知道吗？”许轻樱小心翼翼地发出抗议。

“朋友是什么，能吃吗？”浑身冒冷气的徐晚乔突然说了个冷笑话，让猝不及防的许轻樱忍不住打了个寒战。她知道这是没办法商量了，忍不住对着车窗外做了个鬼脸。

哼，有什么了不起，等到家了你一离开我再出来。

打定主意的许轻樱慢慢放松下来，身子随着车子的前进有些摇晃，被她强行压下的睡意渐渐涌了上来。

许轻樱悄悄看了看旁边似乎正在专心开车的人，干脆往下挪了挪，整个人瘫在了副驾驶位上，反正离到家还有半个小时，稍微眯一下应该没有关系吧……

在她闭上眼睛的瞬间，旁边看似在专心开车的人终于忍不住露出了微笑。

真是个笨蛋。

当舒缓的呼吸声传来时，徐晚乔忍不住看了看已经进入梦乡的某人。

丸子头已经被蹂躏成了一团乱发，几天不见好像脸都小了一圈，因为被墨镜遮挡，他看不清她的样子。

等红灯时，他停稳车，伸手取下了她的墨镜，又转身从后面拿来她专用的粉色凯蒂猫枕头给她垫在脑后。看着她无知无觉香甜入梦的样子，他心里的火气也跟着一点一点消失。

这个笨蛋，既想当好偶像又想当好学生，每天恨不得二十四小时都能利用上，也不想想自己的身体受不受得了。

他无奈地摇了摇头，轻轻刮了刮她秀气的鼻子，从她的包里掏出修辞学课本。

既然这样，就只有辛苦自己了。

3.

太阳藏进了地平线，天空慢慢暗了下来，一丝晚风轻轻吹过白色的窗帘，拂过白色大床上正在甜睡的女生的脸。原本有些青白的小脸此时红彤彤的，白皙的皮肤就像喝饱水一样，从内到外散发着光芒。

突然，床头柜上的手机响起，瞬间打破了她的好梦。

她迷迷糊糊地坐起来，随手摸过手机，连眼睛都没有睁开就说道：“喂。”

“许轻樱，你居然还在睡觉！快起来快起来，你还有五分钟刷牙洗脸，五分钟穿衣服，十五分钟后到排练室来！”

电话那头的彭芃声音激昂高亢，许轻樱仿佛看到她头上的蝴蝶结在跟着一颤一颤。

“啊……几点啦？完了完了！”原本还迷迷糊糊的许轻樱瞟了一眼墙壁上的挂钟，一下从床上蹦了起来。

挂断电话后，她慌乱地穿戴洗漱完，急急忙忙地往楼下冲。

怎么搞的，她记得自己在徐晚乔车上啊，怎么在自家床上醒来了？而且居然已经五点半了。搞什么啊，她居然一觉睡了五个小时！

“该死的徐晚乔，诅咒你买方便面没有调料包！”

许轻樱一边说着恶毒的话，一边冲进客厅拿起自己的包准备出门，身后却传来幽怨的声音：“你说谁呢？”

许轻樱一转身，拿着玻璃水杯的徐晚乔居然站在厨房门边看着她。

“没没没，没说什么。我排练要迟到了，徐少爷能不能抽空送送我啊？”天大地大，现在排练最大，只要他能先把自己送去公司，剩下的账可以慢慢算。许轻樱暗暗盘算着。

“你先去小区门口等着，我去开车。”徐晚乔没有计较，放下水杯慢慢走了过来。

许轻樱扭过头一秒都没有耽误地跑了出去。好不容易等到徐晚乔开车过来，她迅速坐了上去：“你知道地址，快快快，迟到彭芃会杀了我的！”

“我记得你们的训练时间是六点半，现在才五点半。”

“因为彭芃要求高啊，她总说我们几个是代表、是门面，所以必须严格要求自己。”许轻樱一边说一边掏出小镜子查看自己的妆容。看着自己因为睡饱而精神焕发的样子，她满意地拍了拍脸颊。

好不容易赶到秋元公司门口，许轻樱正打算下车，却被徐晚乔一把拉住。他递给她一沓资料，说：“傻瓜，这两天系里有活动，我可能没法过来找你了。这是你修辞学论文需要的一些资料，下午我帮你整理过了，你抽空看看。”

看着眼前密密麻麻写满字的笔记，许轻樱有些感动：“你一个学编导的怎么会看这些呀……不过，既然你诚心诚意地做了，我就勉为其难地收下吧。你自己路上小心。”

“嗯。”徐晚乔点了点头，顺手摸了摸她的脸。

许轻樱还想说什么，等不及的彭芃已经走了过来：“要谈恋爱换个时间，现在赶紧跟我进去，都等着你呢。”她一边说一边伸出手想要扯住许轻樱的耳朵。

许轻樱赶紧直起身子：“来呀，来呀，你跳起来扯呀。”

“有靠山你就嘚瑟了是不是？居然敢嘲笑本队长的身高？”

“谁在说话？看不见呀，看不见呀。”许轻樱故意抬起头往上看，彻底无视了彭芃生气的脸。

看着嬉闹的两人，徐晚乔摇了摇头：“彭芃，那我先走了。我们家许轻樱，就麻烦你了。”

“快走快走，你再待下去她就真上天了。”彭芃一边回答，一边趁着许轻樱低头摸她脑袋上的蝴蝶结，迅速跳起来揪住了许轻樱的耳朵。

“再嘚瑟啊，你倒是再嘚瑟一个给我看看！”终于让许轻樱栽在自己手上，彭芃很是得意。

“队长大人，我错了，是小的错了，请你大人不计小人过，放过我吧。”被扯着耳朵的许轻樱只能微微蹲下身子，佯装可怜地看着她。

“撒娇没用，别以为人人都是徐晚乔，吃你那一套。”

“对对对，那就让我把对你的敬爱化作动力，通通放在排练上吧。”

经她提醒，彭芃迅速想起了正事，很快放开了许轻樱的耳朵，拍了拍手，说：“走走走，快进去。”

说完，她直接走进了公司。

许轻樱一边摸着自己连红都没有红的耳朵，一边跟着走进了公司。

刚进门，一个人影就如一阵风般冲了过来：“轻樱，怎么办啊？如果Pinkgirls真的声誉受损，该怎么办啊？”

轻樱从怀里扯出这个明明比自己高却硬要扮“小鸟依人”的家伙：“王安琪，好歹你也是‘嘉人’看好的时尚新星啊，怎么这么不在意自己的形象呢？”

要知道，虽然Pinkgirls只是刚出道的女团，但王安琪这家伙已经成了不折不扣的“封面大户”，甚至还得到了金北的特批，偶尔可以不参加团队活动去拍封面。

此时的王安琪穿着运动套装，黑色的莫代尔布料衬托得她的身材更加修长。

许轻樱叹了口气，这就是所谓的衣架子吧。

可是这位“衣架子”居然捂着脸，哭着跑开了。

这是……发生什么事情了吗？

许轻樱无辜地望向练习室里的其他人。此时还早，除了在角落摆弄器材的金北和跑开的王安琪，只剩下进来后就走开的彭芃和一个人独自练习动作的苏妙娜。

“彭……队长，到底发生什么事了？”许轻樱有些莫名其妙。

“你也太不小心了，身为我们团队的门面，怎么能让别人抓到把柄呢？”

“你们到底在说什么啊？”许轻樱仍然一头雾水，“有什么事直接告诉我好不好，我的事情怎么还扯到团队了？”

许轻樱的话一出口，现场突然诡异地安静下来，连原本捂着脸在旁边啜泣的王安琪都没再发出声音。

“你觉得……你的事情跟团队没有关系吗？”第一个站出来的居然是不知道什么时候停了下来的苏妙娜。

她仍然穿着那身暗紫色天鹅绒运动衫，有些宽大的裤腿被她卷起，成了九分裤，更加显得双腿笔直修长。可是此时她脸上的表情很不好看：“既然你是公司选出来的门面，那就应该有门面的自觉。你在外面代表的是我们Pinkgirls的形象，所有人都会通过你来评价我们团。难道到现在你还觉得你的事情跟团队没有关系吗？”

略显严厉的话一说出口，许轻樱的心就跟着一颤。

她不知道公司为什么把她放在门面的位置，也从没想过自己会跟整个团的形象挂钩。

为什么平凡无奇的她会被选为门面？明明她当初只是想慢慢接近演艺圈当演员，却阴差阳错地进了秋元公司，成了这个被寄予厚望的大型女团的门面。

许轻樱有些挫败，没再开口。

练习室的气氛跟着冷了下来，苏妙娜也不再管她，继续练习动作。

彭芃无奈地叹了口气，走过来把手机递给许轻樱："你看看。虽然我们刚出道没多久，但也是有人关注的。而你的消息……"

许轻樱接过手机，看到了自己在齐教授课堂上打瞌睡的照片。

看上去好蠢是怎么回事？

彭芃看着她震惊的表情，继续说："你再看看我手机里的截图，都是粉丝们的留言。因为你上课睡觉，他们觉得Pinkgirls就是一群对学习没兴趣只知道打扮的女生。"

这都是什么跟什么啊？许轻樱感觉自己肺都要气炸了："我确实打瞌睡了，可那是因为通宵排练太困了，没一会儿徐晚乔就推醒我了……我，我也去给齐教授道过歉了。"

"你的解释来得太晚，粉丝不知道，他们只知道你上课睡觉了。"

怎么能不问前因后果就凭一幅图讲故事啊？

许轻樱一把拉住彭芃："队长，你是相信我的吧？我……真的很抱歉，给团队抹黑了。"

说着，她又看了看角落偶尔抬头看向这边的金北："我真不是故意的，真的是因为通宵排练太累才这样的，而且真的没睡多久，我发誓！"

可是这次金北没有理她，继续低头忙活手里的事情。

她不敢去找苏妙娜解释，只能拖着沉重的步子一步一步走到还在哭泣的王安琪面前，说："安琪，我真的不是故意的，我没想到他们会这么想，我真的……"

说着说着，一股委屈涌了上来，她努力睁大眼睛想把泪水逼退，可是声音已经带着一丝沙哑："我也不想的，我不在台上的时候也只是个普通大学生啊……”

“很难过吗？”旁边的声音带着一丝引诱。

许轻樱不自觉地点了点头：“难过。”她不想给团队添麻烦，也不想其他人因为自己伤心。

“难过……就对啦！我们的隐藏摄像成功啦！”随着王安琪的一声欢呼，排练室的人都跟着欢呼起来，只剩下许轻樱眼含泪水愣在那里。

“傻瓜，你哭什么呀？”这样说着，彭芃的眼睛却跟着湿润起来。她一把将许轻樱拉到金北旁边，指了指被他庞大的身躯微微挡住的墙角。许轻樱赫然发现那是一台正在运行的摄像机！

“这……这是怎么回事？”许轻樱觉得自己的智商遭到了挑战。

罪魁祸首王安琪蹦蹦跳跳地来到她身边，邀功般说道：“这一切都是我设计的！网上确实在传你睡觉的照片，虽然许多人都觉得很可爱，但是为了避免有人刻意歪曲抹黑，我们筹划拍摄了这段视频。而且你还因为上课睡觉去跟教授解释和道歉了，这样不是很刷好感度吗？”

“好感度？就为了好感度？”许轻樱觉得有些不可思议。

“轻樱，有些事情不解释清楚，别人就会误会。安琪只是用了另一种容易让粉丝接受的方式。”彭芃轻声安慰她。

“所以，我刚刚的难过都白费了？”许轻樱的眼睛不自觉地看向站在一边的苏妙娜。如果她没有看错，苏妙娜的眼神里居然也带着一抹笑意。

“我们不也付出精力陪你演戏了吗？还在乎什么呀。乖，收拾收拾准备排练。”彭芃一边说一边强行把她拉到了更衣室，准备去取备用衣服。

许轻樱转过身，看着对着她双手合十不断讨好的王安琪，挥了挥拳头：给本姑娘等着！

看到王安琪又是作揖又是嘟嘴撒娇，最终她还是笑了出来。她扭过头，却看到了苏妙娜投过来的目光，心里不由得一紧。

有些话，未必就是一场玩笑。

第二章

争 吵 不 休 的 开 始

1.

一千多平方米的摄影棚里，彩色的霓虹灯不停在搭建好的水晶台上来回扫过，身后巨大的LED屏幕正反复播出这次Pinkgirls的夏日单曲《Party》（《派对》）。养眼的白色沙滩和蓝色海水蔓延到整个水晶台上，站上去仿佛真的踏入了大海里。

忙碌的导演正在跟导播做最后的演出调试，舞台一侧的角落里，Pinkgirls的经纪人金北正在清点人数，毕竟十六个人的大型女团在国内还是很少见的。

这群美少女统一穿着白色上衣和蓝色牛仔短裤，仔细看的话，其实每个人的上衣款式、材质并不完全相同，有的是雪纺露腰小短衫，有的则是一字领泡泡袖小衫，看上去很符合各自的特点。

穿着蝴蝶结吊带衫的彭芃左右看了看，忍不住问旁边还在补妆的王安琪：“安琪，轻樱去哪里了？”

造型师姐姐正在给王安琪抹上今年最流行的豆沙色口红，王安琪刷着睫毛膏的大眼睛转了转，余光看到角落里凑在一起嘀咕的成员，忍不住问那个扎着双马尾、穿着白色网纱裙的女生：“甜甜，你看到轻樱了吗？”

“报告大小姐，彩排后轻樱姐好像往后台去了。”甜甜的声音跟她的名字一样，透出一股软糯的味道。

问到答案，王安琪朝彭芃看了看。

彭芃忍不住想抚额。轻樱大小姐啊，马上就要录影了，身为门面怎么能乱跑呢？

就在她打算让几个人去找时，许轻樱从后台的侧面走了过来。白色镂空流苏蕾丝罩衫松松地套在她的身上，隐隐透出里面的白色真丝吊带衫，配上浅蓝色破洞牛仔短裤，不仅不让人觉得乏味，反而多了一丝俏皮，特别是头上特意绑了一朵用白色蕾丝发带扎成的花，瞬间就突出了她门面的位置。

在看到她的瞬间，金北简直要给她跪下了："轻樱啊，你终于出现了！导演都已经催过一轮了，你到底做什么去了？"

许轻樱不好意思地吐了吐舌头，一边让工作人员给自己装上麦克风，一边往台边走，脑子里却都是刚刚电话里徐晚乔的声音。

说出来都不敢相信，徐晚乔这家伙要求她不排练时每三个小时报告一次位置。更可气的是，不知道他用什么办法从金北那儿搞到了她的行程表，简直就是二十四小时完美掌握她的日常。

"徐晚乔，你什么时候变得这么婆婆妈妈了？我为什么干什么都要跟你汇报啊？你管得也太宽了吧！"拿着手机溜到后台的许轻樱有些气急败坏。

"轻樱大笨蛋，你小时候就喜欢跟着我怎么不说？这种好习惯要保持，更要自觉。"电话那头的徐晚乔轻轻笑了一声，那笑声如同一根轻柔的羽毛落在许轻樱心上，挠得她心里痒痒的，"再说，我学的可是编导学，马上就要去电视台实习了，以后你会经常看见我，到时候你就不用报告位置了，因为我就在你身边。"

想起徐晚乔最后说的话，许轻樱不知道是该哭还是该笑。从小她确实对他很依赖，仿佛只要他在身边，什么事情都能处理好，她只要负责玩、负责笑。那时候的她还有个外号，叫“徐晚乔的小尾巴”。

一想到小时候自己曾经因为徐晚乔要回家而咧着嘴大哭，许轻樱就忍不住笑出了声。

“轻樱，马上要上台了，你做什么呢？”彭芃轻轻撞了撞明显心思飘走的许轻樱，看了看周围的成员，小声说，“这是我们上的第一个电视节目，你给我打起精神来。”

许轻樱不好意思地笑了笑，忍不住把双手举过头顶：“我保证，一定全力以赴，不给组合丢脸。”

“这可不是说说的，既然你是门面，就要有门面的担当。”旁边一直沉默地反复练习舞步的苏妙娜突然开口，冷冷的话语就像一桶冰水浇灭了刚刚的热情。

气氛一时有些僵。

彭芃拍了拍许轻樱，然后把大家组织在一起，围成一个圆圈：“我们练习这么久，不管怎么样都要全力以赴。你们要知道，我们是Pinkgirls，是一个整体，只有我们每一个人表现好了，组合才能好！”

许轻樱站在彭芃旁边，突然觉得浑身充满了力量，那些曾经在练习室疯狂练习的时间，那些隐藏在灯光背后的汗水，就像是筑起的一级级阶梯，即将把她送到光芒万丈的位置。

似乎每个人都被彭芃的情绪感染，脸上不自觉地带上了向往的神色，眼睛里闪耀着喜悦的光芒。

彭芃带头伸出手放在圆圈的中央，成员们也跟着伸出手，一层一层垒在一起，仿佛那是踏入梦想的基石。

“为了Pinkgirls，为了我们共同的梦想，加油！”

“Pinkgirls，加油！”一直不怎么爱说话的苏妙娜开口喊道，声音里带着自己都没有觉察到的颤抖和热情。

“加油！”许轻樱也忍不住跟着喊出声。

“加油！”

“加油！”

在一声声的“加油”中，大家把手抬起举向天空，托起自己绚烂的梦想。

“走吧！”彭芃率先转身走向舞台，成员们踏着坚实的脚步跟了上去。

那片蓝色的海温柔地包围在她们身边，仿佛有巨大的宝藏藏在里面，光芒、梦想、回报似乎已经近在眼前。

轻樱，加油！

音乐响起的那一刻，许轻樱在心里给自己默默地打气。

二十平方米的舞台上，十六位成员按照排练的队形站成一个“V”字。许轻樱一个人站在前排正中央，面前是无数镜头，身后是成员们。

随着音乐前奏响起，她深吸一口气，扬起笑脸盯着面前的摄像机，身体也跟着舞动起来。

看好吧，我一定不会辜负这么长时间的训练。

“现在是青春的开始，我们光着脚踏在沙滩上，享受阳光海水和微风，奔跑的少女啊，扬起你白色的裙角……”

伴随着音乐，许轻樱按节奏跳着、唱着，身边的成员们在不断走位，而她已经全都看不见了。她笑着看着面前的摄像机，甜甜的微笑仿佛沁人心脾的蜂蜜，一点点渗进观众的心里。

“四号机拉近，定格中间。好，结束！”

随着导播室的最后一道指示，舞台正中央的许轻樱终于可以放下已经笑僵的嘴角。随着灯光慢慢暗下去，她一边揉着自己有些发僵的嘴角，一边跟着大队伍往台下走。

她摸着心跳还有些快的胸口，忍不住走到彭芃面前想求抱抱，却被彭芃嫌弃地一把推开。

“许轻樱，别以为撒娇就过去了，你刚刚在台上走错位了差点撞到苏妙娜是不是？”

队长大人，你要不要这么厉害啊，那么紧张的情况下你居然还能看到这么多？许轻樱暗暗吐槽。

许轻樱正想解释，这时金北挤了过来：“大家听我说，节目变更了，现在我们就需要去录制下一场游戏。许轻樱、彭芃、苏妙娜和王安琪作为代表去就可以了，麦克风也不用拆了，其他人先回去休息吧。”

“这是怎么回事啊？本来不是说好全员都上的吗？”看着离开的队员有些委屈的眼神，彭芃带头问道。

“好像是节目导演临时决定的。我们是新人，只能先顺着导演的意思来，毕竟每次上节目的机会都要珍惜。”金北一边解释一边带着她们穿过后台，往旁边的演播厅走去。

许轻樱有些不高兴。从台上下来，她连汗都没来得及擦，头发黏糊糊地贴在脑袋上，原本的空气刘海已经乱得像杂草，不用说，脸上的妆肯定也花了。

她左右看了看，似乎是汗水流进了眼睛里，苏妙娜的眼睛都红了，看上去像只小兔子。

苏妙娜看了她一眼，轻声说：“许轻樱，后台镜头过来了，你是门面，快保持微笑。”

看了看已经端起笑容的苏妙娜，许轻樱扬起了对着镜子练习过千万遍的微笑，可是她的心里突然觉得很不安。

果然，等她坐在舞台上两排嘉宾最角落的位子上，看着前面摔进面粉堆的彭芃时，脸上的微笑再也保持不下去。

周围参加节目的其他艺人都在哈哈大笑，她有些不能理解，看一个少女从高空狠狠摔进面粉堆里，就真的这么好笑吗？

“看来Pinkgirls的队长也搞不定这关，所谓元气少女也不过如此嘛。还有人愿意试试吗？”

主持人的话音刚落，坐在许轻樱旁边的苏妙娜就举起了手。

镜头跟着扫了过来，许轻樱忍不住拉住了苏妙娜的手。

苏妙娜巧妙地挣脱开，凑到她耳边轻声说：“别闹了，Pinkgirls不能一开始就被人看不起。”

许轻樱呆呆地看着苏妙娜走到主持人的身边，她脸上的笑容看上去元气满满。

“苏妙娜的字典里可没有‘退缩’这个词，彭芃没能搞定的，我可以搞定！”苏妙娜大声说道。

在主持人的鼓励下，苏妙娜微笑着爬上了高台，台下是面粉堆，抬头半空中只有一个篮球大小的白色吊环。

从许轻樱的角度看过去，无数追光灯同时开启，眼前除了一片白光什么都看不见，更不用说那小小的吊环。

随着“砰”的一声，现场再次爆发出笑声。

许轻樱心里的难过突然喷涌而出，刚刚在舞台上，所有的光芒都集中在她们身上，苏妙娜和彭芃意气风发的笑脸还留在她的脑海里，此刻她们却狠狠摔在面粉堆里一身狼狈。

为了能在台上美美的，她们凌晨四点就起床化妆，现在却变成了一脸面粉、傻乎乎的样子，连谁是谁都分不清。

不该是这样的，不该是这样的！她们不是用来取乐的，她们是来追寻梦想的！

这样想着，许轻樱站了起来。另一边的王安琪没能拉住她，有些紧张地说：“轻樱，你别冲动！彭芃她们……”

话还没说完，台下的摄像导演突然示意停下来：“稍等，我们要换摄像带了。刚刚那个女团成员摔下去没有拍清楚，等会儿再摔一遍。”

导演的话仿佛是压垮许轻樱神经的最后一根稻草，她顾不上去看舞台上一身面粉的苏妙娜，也顾不上旁边伸手拉她的王安琪，大步朝台下正指挥工作人员的导演走去。

“轻樱，你别过去……”

“导演，为什么我们一定要做这个游戏？为什么只有我们Pinkgirls做这个游戏摔成这样，现在还要再摔一次？”许轻樱的声音里带着一丝颤抖，她不是胆大直率的人，可是她不忍心看自己的朋友遭受这些刁难。

穿着黑色T恤衫的导演扶了扶眼镜，没有说话。

旁边跟场的金北赶紧走过来，把许轻樱拉到了身后：“对不起，对不起，我们家轻樱年纪小不懂事，导演你别跟她计较。”

“年纪小不是理由，多少人想上我们节目都上不了，居然还在这里耍大牌？年纪小就好好教，教不好就赶紧滚！耽误我们拍摄也很麻烦！”导演不耐烦地皱起眉头挥了挥手让他们赶紧走。

赶来的“面粉人”苏妙娜和彭芃也一个劲地跟导演道歉：“对不起，对不起，我们知道导演是好意，我们Pinkgirls一定会加油继续拍摄的。”

许轻樱看着眼前不停道歉的人，觉得自己有些可笑。明明是为她们抱不平，怎么自己反而成了坏人？

她梗着脖子还想再说几句，彭芃悄悄伸出手捏住她腰上的肉转了一圈，这让她到嘴边的话不得不变成了抽气声。

啊，疼疼疼，彭芃你捏的不是猪肉啊，怎么这么用力！

突然，一个有些轻佻的声音传来——

“哟，导演真是心疼我，特意喊了一帮美女迎接呢。”

话音刚落，刚刚还一脸不耐烦的导演瞬间换了表情，圆乎乎的脸笑得皱成了一朵菊花，他站起来，往声音传来的方向走去，一边走一边说：“杜墨大少爷，你这是一下戏就赶来了吧？真是敬业。”

许轻樱忍不住看过去，原本忙碌的后台工作人员居然特意让出了一条道。

凭借5.2的视力，许轻樱发誓自己先看到的是一帮戴着墨镜、穿着黑西服的保镖，更夸张的是每个保镖的耳朵上都挂着一个耳麦。导演接近时，一个保镖居然大手一挥差点把导演挥出去！

好像是耳麦里传出了什么指示，保镖们突然分成两队站定，刚好挡住停下来在看热闹的工作人员。

一个穿着橘色夏威夷风情大衬衫搭配白色中裤的胖大叔走了出来。斜眼看见被甩到一旁的导演，他翘着兰花指柔声细气地说：“郭导演，您可别说，我们家杜墨一直惦记着上您的节目呢，为了保持最好的状态，下戏了还特意去美容室做了造型才过来。您就放心吧，只要有我们家杜墨在，节目的收视率绝对噌噌往上涨！”

许轻樱趁着大家的目光都被那个大叔吸引，默默翻了个白眼：你以为是竹笋啊，说涨就涨。

谁知道这个小动作却被人捕捉到了，那个轻佻的声音再次响起：“哟，这是哪个不乖的在做小动作呢？这是故意想引起本少爷的注意吗？”

话音落下，夏威夷大叔的背后走出一个身材修长的少年，黑色金边墨镜遮住了他大半张脸，却没法掩盖住他雕刻般的脸型和殷红的嘴唇。

他无所谓地嚼着口香糖，用白皙的手摘下眼镜，大大的桃花眼里仿佛蓄满了春水，哪怕只是淡淡看过来也像是含着深情。

他嗤笑一声，慢慢走过来在许轻樱面前站定。

许轻樱上下打量着眼前的人。染成深棕色的头发让他精致的脸显得更加白皙，凌乱的刘海显得随意而俏皮。大红色外套搭配白色衬衫，下搭复古的大红喇叭裤，这一身明明彰显的是怀旧气息，却被他诠释出了一股雅痞的味道。

看着眼前这个红着眼睛却仍然倔强地不肯低头的女生，杜墨歪嘴一笑，突然伸出手摸了摸许轻樱的眼皮：“女孩子还是笑起来最好看，哭出来妆都要花了。”

然后他一个转身，走到有点呆滞的导演面前，说：“算起来她们还是我师妹，导演，没有她们，我可连录影的心情都没有了哦。”

“好……好。”导演显然刚反应过来，机械地点点头。

杜墨得到满意的答案后，往休息室走去：“那就拜托导演了。我有些困，两个小时后还要赶回剧组，所以……抓紧时间。”

夏威夷大叔一边追着他离开，一边指挥黑衣保镖赶紧去前面开路。

等他们一群人浩浩荡荡地离开，人们似乎还没有反应过来。

导演有些尴尬地看了看还愣在原地的Pinkgirls，咳嗽了两声：“既然是杜墨指定……那我们等会儿就继续吧。”

2.

无数灯光聚集的舞台上，许轻樱仍然坐在之前的角落里，彭芃却在主持人的示意下，带着苏妙娜和王安琪坐到了前排杜墨的旁边。

在杜墨无数次绕着弯不接主持人的话茬后，彭芃跟苏妙娜居然直接接过了话题，一唱一和让现场时不时充满了笑声。可是后排的许轻樱看着杜墨的后脑勺，还是觉得有些不舒服。

好不容易结束了节目录制，杜墨连最基本的感谢都没有，就在咋咋呼呼的夏威夷大叔的带领下回了休息室。

许轻樱等人却被金北拉住。金北看了看明显还没有回过神的许轻樱，忍不住叹了口气：“刚刚如果不是杜墨，我们可能不仅会被这个节目封杀，而且估计整个电视台都不会再邀请我们。”

许轻樱抬起头诧异地看了金北一眼，她没有想到事情会这么严重。

“彭芃，你带着轻樱去休息室谢谢杜墨。王安琪，你跟我一起走，给《嘉人》杂志拍摄的时间到了。苏妙娜，你先跟我们一辆车走。彭芃，我把王安琪送过去，再来接你们。”

“我……我不是故意的，我只是觉得他们这样太欺负人了。”

“不用说了，轻樱，这件事已经过去了。但我希望你记住这次的教训，你不仅是你自己，更代表了我们Pinkgirls。”金北一向和气的脸色变得很严肃。

许轻樱点了点头，拿过金北递来的专辑，几个人在上面签了名写了些感谢的话后，彭芃就带着许轻樱往休息室走去。

“彭芃……对不起。”看着异常沉默的队长，许轻樱心里有些打鼓。

“不用跟我说对不起，因为你对不起的其实是整个Pinkgirls。”彭芃没有回头，声音里透着一股冷意，“你不知道金北为了这个节目争取了多久，也不知道我们为了参加节目进行了多久的反应训练。我们是新人，没有挑剔的资格。”

许轻樱的心里突然像被插入了一根针，感觉刺痛却没办法拔除。她不明白自己只是为朋友抱不平为什么会有这么多的连锁反应，为什么没人理解自己。

这一刹那，许轻樱突然很想念徐晚乔，想起之前不论发生什么事情，徐晚乔的第一反应都是挡在她前面。她被徐晚乔保护得太好，以为所有事情都能处理好，却没想到自己的任性行为让情况越来越糟。

此刻的她好想扑进徐晚乔怀里大哭一场，却只能憋回眼眶里的泪水，跟着彭芃去向杜墨道谢。

“咚咚咚——”

随着敲门声响起，许轻樱突然有些紧张。刚刚彭芃冷着脸跟她说了很多关于杜墨的事情，她这才知道那个看上去吊儿郎当的男生其实是秋元公司真正的“财神爷”。

他是秋元公司的元老艺人，去年因为一部电视剧意外大火之后，变成了全民男神。

毫不夸张地说，整个秋元公司是他一个人顶起来的。因此他不仅在公司的地位超然，在整个娱乐圈——就目前人气来说——也是数一数二。

现在的观众强调个性，杜墨自恋、脑回路异于常人的性格，居然变成了吸引人的点。

“咔嗒”一声，门打开了，是夏威夷大叔亲自来开的门。他上下打量了一下彭芃和许轻樱，仿佛在评估这样的人是否适合让杜墨见到。

“是谁呀？”里面传来杜墨懒懒的声音。

听见杜墨询问，大叔只好让开了，彭芃扬起笑脸拉着许轻樱走了进去。

不得不说，艺人跟艺人确实是不一样的，她们Pinkgirls十六个人用的休息室还没有这个休息室一半大，更不用说这个休息室居然还是个小套间，基本生活用品一应俱全，甚至连手磨咖啡机都有！

许轻樱想到女团那个换衣服都只能拉帘子的休息室……喂，差距要不要这么明显？

“找我有事？”杜墨一边悠闲地转动着咖啡机的古铜色烫金把手轻轻研磨咖啡粉，一边随意地打量着面前的两个少女。

两个人身上的舞台装还没来得及换下，脸上浓浓的妆容被汗水打湿，有些花了，好在本身底子好，细瓷般的皮肤仿佛自带一层柔光，反而显得很清纯。

一个高高的马尾上扎着巨大的蓝色蝴蝶结，不仅显得她的脸更加精致，瞬间也拉长了她的身高比例。

另一个戴着白色蕾丝发带花朵，漂亮的杏眼直愣愣地盯着他。

真有意思，很久没有人这么直接看他了。

杜墨一边想着，一边停下研磨，双臂环胸走到两人面前。

看着越来越近的人，彭芃迅速扬起恰好露出八颗牙齿的最美笑容，甜美地说："杜墨师兄，谢谢你对我们Pinkgirls的照顾。这是我们的新专辑，有空请多多指教！"

说完她伸出一只手悄悄推许轻樱的背，强压着她跟自己一起鞠躬。

在外人面前，许轻樱不能挣扎，只能随着彭芃的力道躬下身去。

杜墨单手接过专辑，随手打开翻了翻专辑里的宣传册。简陋的摄影棚内景，一看就知道资金缺乏，可是宣传册上的十六个少女都扬起嘴角，看向镜头的眼睛闪闪发亮，仿佛带着星光。

特别是正中间的女生，她不是最好看的，气质也不是最出众的，可是笑起来的时候让人觉得很舒服，像是他小时候养的比熊犬，笑起来整个世界都跟着明亮。

还不知道杜墨把她跟狗等同的许轻樱有些不耐烦，因为杜墨一直没反应，她跟彭芃就一直保持着弯腰的姿势，已经有些撑不住了。

"这是做什么呢？不是我说你们，师妹就要有师妹的眼色，我们杜墨可是很忙的，既然没什么别的事，你们就先退下吧。"一旁的夏威夷大叔忍不住搭话，下了逐客令。

火大的许轻樱直起了腰，强行拉着彭芃的手往外面走。

杜墨抬起头的时候，就只看到许轻樱拉着彭芃离开的背影。彭芃一边无奈地被拖着走，一边说着场面话圆场。

看着那个气势汹汹的背影，杜墨突然觉得很有趣。

“Jackson（杰克逊），你说她是不是对我有意思啊？”

“谁？”夏威夷大叔，不，Jackson一时没反应过来。

“算了，说了你也不知道。这种反其道而行之的搭讪方法，还蛮有意思的。我那部戏里不是有句台词吗——‘女人，你成功引起了我的注意’，我大概知道是什么感觉了。”

许轻樱没有听见杜墨的话，因为一出门，彭芃就把她拉往天台训话去了。还好，训话开始没两分钟，金北让彭芃去找电视台编剧的电话暂时解救了许轻樱。

“不许乱跑，在这儿等我回来知不知道？等我拿了东西，金北就送我们回去。”

“好好好，我发誓不乱跑，我拿徐晚乔发誓总行了吧。”

彭芃再次不放心地瞪了她一眼，然后快速离开了。

许轻樱一个人站在电视台的楼顶，闲闲地看着楼顶改造的绿色正方形停机坪，琢磨着下次可以建议外景MV就在这里拍摄，应该挺好看的。

突然，一直没有动静的手机响了起来。看着来电显示上熟悉的名字，她翻了个白眼，算算离他们上次通话刚好三个小时。

“喂，干什么呀？”许轻樱无精打采地接起了电话。

“你怎么了，录制不顺利吗？”一听到许轻樱的声音，徐晚乔就敏感地发现她兴致不高。

“你们做编导的真烦。”许轻樱慢慢地坐到了停机坪上，一只手拿着手机，一只手无意识地描摹着地上的停机线，“我今天好像……犯了很多错，先是得罪了导演，后面可能连师兄也得罪了。”

“到底怎么回事？别怕，慢慢告诉我。”徐晚乔的声音里带着担心，却更有让许轻樱安定的力量。

受到了鼓舞，许轻樱把今天的事情都告诉了他，从登台时的光芒万丈，到看见彭芃和苏妙娜掉进面粉堆里的心疼，再到对杜墨轻浮态度的反感。

本来以为会有很多很多的话要说，谁知道三言两语就说完了。

“所以，你拉着彭芃转身就走了？”徐晚乔的声音里带着一丝笑意，这让许轻樱有些懊恼。

“有什么好笑的？我又不是为了我自己。今天金北说过我了，彭芃说过我了，连苏妙娜似乎都隐晦地说过我了，可是我觉得自己并没有错。”许轻樱越说越委屈，眼眶再次红了起来，“徐晚乔，你怎么能跟她们一样也觉得我错了呢？”

“姑奶奶，你别哭，我没说你做错了，都是我不好，好不好？你别哭。等会儿金北就会送你回家了，我去你家当面跟你说好不好？”电话那头的徐晚乔声音里带着宠溺。

可是此时的许轻樱好不容易找到了发泄口，哪有那么快停下来。她拿着手机抽抽搭搭地说道：“你不要过来，来了我也不理你！亏我受委屈的时候还以为你会理解！”

说完，许轻樱直接挂掉了电话。

该死的徐晚乔，这个时候你只能坚定地跟我站在同一战线上，怎么能笑呢？

这时离开了不知道多久的彭芃终于回来了，看见还在原地的许轻樱，她明显舒了口气。

“走吧，金北已经在停车场等我们了。”彭芃走过去拉起许轻樱，看见她微红的眼眶，叹了一口气。

许轻樱觉得有些不好意思，只能低着头尽量不让人看到。一到停车场，都来不及跟金北打招呼，她就赶紧坐到了车子后排。

彭芃在她身边坐下，看她不停地挂断徐晚乔打来的电话，只好无奈地先出声：“怎么还像孩子一样？徐晚乔把你保护得太好了。”

“关他什么事？”许轻樱有些不高兴，也有点不好意思，直接关机。

“你又对他发脾气了吧？也只有徐晚乔能这样包容你了，他读编导学也是为了离你更近一些。今天发生的事情，你可以都跟他说，相信他会给你一个完美的分析总结。”彭芃说完，轻轻把许轻樱耳边的碎发别到耳后，“你要早点明确自己的位置才好啊！”

许轻樱有些不解，可是彭芃没有再说什么，反而挽着许轻樱的手臂靠了过来：“让我休息一下，今天为了你们这群猴子，我真是累坏了。”

看着彭芃闭上眼睛，许轻樱悄悄示意前排开车的金北把广播关掉，然后靠着彭芃的头，也闭上了眼睛。

金北从后视镜里看着后排两个穿着舞台装、头靠头睡着的女生，默默把空调温度调高了一些，让两个人能好好休息。

今天的许轻樱，就留着让徐晚乔去头疼吧。

3.

“轻樱，到家了，快醒醒。”

迷糊中，许轻樱似乎听见了徐晚乔的声音。

可是刚吵过架，他怎么可能出现？

许轻樱有些不高兴，挥了挥手却没有醒来。忽然，她感觉自己的身体悬空，接着落进了一个温暖的怀抱。熟悉的香水味传入鼻间，她放心地偏头蹭了蹭。

“金北，谢谢啦。看来这丫头一时半会儿醒不了，你先回去吧，我带她进去就好。”

“好的，刚刚彭芃下车那么大动静，这丫头都没有醒，看来是真累着了。”

“没关系，我会看着她的。”

为什么徐晚乔的声音越来越大？

许轻樱有些不高兴地睁开了眼睛，果然看到了徐晚乔精致如雕塑的下巴。

这是什么情况？

她愣了几秒才发现，自己居然在徐晚乔的怀里，而徐晚乔连脸色都没变，就这么抱着她在跟金北讨论明天的行程安排。

金北，你可是我的经纪人，当着我的面出卖行程不好吧？还有些起床气的许轻樱挣扎着从徐晚乔怀里跳下去。

眼看许轻樱醒了，乐呵呵的金北留下一句“明天五点来接你”，就开着车走了。

许轻樱看着黑色保姆车驶离，觉得有些好笑。平时严防死守不让她们跟男明星接触，现在这么直接地把她扔给徐晚乔真的不要紧吗？

“轻樱，你还在生气吗？”徐晚乔走过来，轻轻握住了许轻樱的手。

许轻樱哼了一声想甩开，却没想到被他紧紧抓住。

“你——”她转身想说他，却发现只是短短一天不见，徐晚乔好像又帅出了新高度。

灰色压纹字母圆领毛衣套在蓝色棉质衬衫上，领口微微敞开，露出珍珠大小的衬衫扣。灰色被他白皙的皮肤衬托得更加柔软，仿佛整个人都笼罩在暖意里。蓝白相间的格纹裤跟蓝色衬衫呼应，让他原本就挺拔的身材显得更加修长。

他的脸慢慢在她面前放大，深邃的五官压过来，狭长的眼睛里闪耀着宝石般的光芒，扇子一般浓密的睫毛扑扇着，许轻樱似乎都能感觉到那睫毛扇起的风正一点一点吹到自己的心上……

“轻樱，别生气了好不好？”徐晚乔的脸停在离她只有十厘米的地方，说话的时候嘴里呼出的暖气都喷到了她的脸上，“有什么不高兴的事，告诉我好不好？”

“好……”仿佛被蛊惑了一般，许轻樱迷迷糊糊地答应下来。接着她就看到眼前过分漂亮的脸上突然露出一抹微笑，仿佛四月里牡丹盛开，一刹那让她入迷，似乎只要多看他颊边的小梨涡一秒，心就被搅乱了。

“乖。”徐晚乔终于直起身子，摸了摸她的脑袋，然后牵住了她的手，“刚好今天妈妈带了葡萄酒要跟甄姨分享，我们快进去也喝一点吧。”

许轻樱没有挣扎，跟着徐晚乔往家里走。直到快进家门时她才想起，自己什么时候原谅他了？

“等……等一下！我什么时候原谅你了？”许轻樱在他熟练地输完密码打开门的时候，忍不住问出了口。

“就刚刚下车的时候啊，你说了‘好’。轻樱，人不能言而无信。”徐晚乔轻叹一口气，她回神得太早了，还没来得及拉进房间问清楚。

想起刚刚徐晚乔放大的脸，许轻樱脸上忍不住一片通红：“徐晚乔！你怎么老用美男计啊？从小到大都用这招。”

“没关系，你吃这招就行。”徐晚乔轻轻笑了笑，轻樱这么倔，不用点非常手段怎么行？

“可是……可是你也不能离我那么近啊！男女有别，你懂不懂？”许轻樱脸上的红晕更加明显了。再近一点点就……亲上了……

“轻樱，你确定要在门口跟我讨论这个问题？”

“为什么不能说？你跟他们一样觉得我错了吗？”

“轻樱，你冷静点。”

“到底是为什么？”许轻樱终于想起了睡着之前的事，她越说越激动，眼睛也跟着泛红，“你也觉得我做错了吗？”

“不是……”

徐晚乔安慰的话还没有说出口，房间里已经传来一个爽朗的声音：“你们两个在门口磨蹭什么呢？晚乔你去接人怎么用了这么长时间？”

徐晚乔抬手轻轻蹭了蹭许轻樱有些红的眼皮，轻声说：“我们等会儿回房间说好不好？大家还等着我们呢。”

许轻樱也觉得自己现在的多愁善感不合适，却又有些拉不下脸，只好拂开他的手，低着头先一步跑进了客厅。

见许轻樱进来，穿着白色连衣裙的妈妈先一步截住了她，没有仔细看就把她往前推了推：“你这孩子，怎么一个人先进来了，也不等等晚乔？晚乔可是一早就去外面等你了，真不懂事。”

被妈妈推到客厅中央的许轻樱微微抬了抬头，就看见穿着跟妈妈同款黑色连衣裙的美阿姨正笑眯眯地看着自己，她耳垂上硬币大小的珍珠耳环让她看上去仿佛带着一层光，显得更加温柔。

“你都说些什么呀？轻樱这么小就要工作，还不得多心疼她一点？再说，他们从小就这样，晚乔也只对轻樱这么有耐心。”

美阿姨的话恰好戳中了许轻樱的心事，让她的心更加酸涩。她轻轻地问过好以后，也没再看追进来的徐晚乔的脸色，便快步走回了房间。

听着许轻樱关门时清脆的响声，轻樱妈妈有些不高兴，抬脚就想跟过去。徐晚乔想都没有想就挡住了她，说：“甄姨，轻樱有些不舒服，刚刚在车上还累得睡着了。”

“真的？轻樱没什么事吧？”

“甄姨你放心，我问过了，没有什么大问题，就是要好好休息。我去看看她。”

“晚乔，慢着。”看到徐晚乔有些紧张的神情，轻樱妈妈还有什么不明白的，这不过是他给轻樱找的借口罢了，毕竟从小到大，轻樱有什么错都是徐晚乔给圆过去的，“你先跟我们一起尝尝这葡萄酒，别浪费了。”

“可是——”

“没有可是。”轻樱妈妈的声音越来越小，小到只有他们两人能听见，“晚乔，你不能把她当小孩子宠着，这样她会一直长不大。我当时不让你们读同一所学校，也是怕轻樱太依赖你。有些困难，只能她自己克服。”

“好吧，甄姨。”徐晚乔无奈地点头，目光越过客厅里已经聚在一起谈论的几位家长，落在了许轻樱紧闭的房门上。

不知道她会伤心成什么样子？放着不管，他还真的有些做不到。

躲在房间里的许轻樱突然有些后悔自己的冲动，虽然徐家是邻居，经常串门，但这也不应该是她发脾气的资本，特别是美阿姨还那么疼她，小时候只要晚乔有的东西，都会给她准备一份。

再说，今天她在徐晚乔面前确实有些无理取闹了。好像只要是面对他，她就会变得肆无忌惮。

她看了看时间，已经过去快两个小时了，饭应该吃完了吧，自己现在出去应该不会很突兀吧？

正思索着，许轻樱突然听到关着的窗户上传来三声清脆的敲击声。她高兴地转身跑了过去，一把推开了窗户，窗外站着的不是徐晚乔还会是谁！

这是他们约好的暗号，小时候徐晚乔不知道多少次像这样拐跑被关在家写作业的许轻樱，带着她出去疯玩。

“这位美丽的小姐，你愿意跟我一起出去兜兜风吗？”

天色已经暗下来，如墨般的黑色背景里站着徐晚乔，清风轻轻吹起他的发丝。暖白的路灯光落在他身上，让他周身都笼罩在温暖里。他轻轻抬起手，做出了邀请的动作。

许轻樱来不及细想，把手搭在他的手上，然后翻出窗台，落到了他温暖的怀里。

“徐晚乔，快带我去散心。”

“遵命，我的公主。”

已经暗下去的天色就是信号，小区附近的夜市摊慢慢摆出来，一桌桌密密麻麻地挤在广场上。许轻樱随便选了一张桌子坐下来，她不想去高级餐厅，只想放肆地坐在街边大吃一顿。

没错，她要进行一项广大人民群众都喜爱的活动——撸串儿。

徐晚乔熟练地按照许轻樱的口味点好食物，然后跟着坐了下来，望着发呆的许轻樱，没有搭话。

“你就没有什么要说的吗？”许轻樱受不了他这种淡定的神情，问道。

“有什么好说的？你自己在卧室待了那么久还没有想明白吗？”

“我……我只是觉得朋友受了委屈想帮忙，可是直到金北说，我才知道自己的行为会造成多么严重的后果，是我的处理方式不对。”许轻樱的脸色跟着暗下来。她从没想过在自己追梦的路上，会有这么多麻烦。

“轻樱，你不想彭芃和苏妙娜摔进面粉堆对吗？在你看来她们是受苦，可是你问过她们是不是愿意吗？”

有人会抢着去受苦？这么奇怪？

看她还没有想明白，徐晚乔抬手摸了摸她的头：“傻瓜，在你看来是受苦，但这确实是一件双赢的事情。摔进面粉堆，对节目来说有了爆点收视率，对她们来说，这何尝不是机会？”

“机会？裹成‘面粉人’的机会？”

“不，是观众的印象。现在娱乐圈更新换代这么快，你们又是新人，如果不能很快让观众记住，那么谁知道你们的结局会是什么？所以尽管表现不是特别好，但是在你们十六个人里，观众最先记住的就是摔进面粉堆的她们。”

原来……还有这样的原因吗？

“另外，金北的话并没有错，作为新人你们没有挑剔的权利。如果现在你们就敢对节目进行质疑，以后大红了又会怎样？从节目来说，这样的嘉宾确实不受欢迎。那么在同等条件下，为什么不选择听话又有话题度的嘉宾呢？”

所以，她真的做错了吗？

“轻樱，你的想法是好的，但是你缺少跟电视台交际的历练。以后遇到这种情况，你的第一反应应该是找经纪人。金北跟电视台打交道多，他处理这种事情更合适，而且手段会更圆滑。”

许轻樱听着他的话，第一次发现原来自己的梦想并不是单独存在的，它现在似乎已经跟整个Pinkgirls甚至是秋元公司绑在一起。

“那我……该怎么办？”夜市越来越热闹，人们渐渐坐满了她周围的桌子，熙熙攘攘的声音让她的声音显得更小，“我是团队的门面，但我真的不喜欢这样。我……不知道自己会惹这么多麻烦……”

看着她自责的样子，徐晚乔有些心疼，直接把她揽在了怀里，慢慢拍着她的背：“都会好的，轻樱别怕。我不是马上要去电视台实习了吗？到时候我会在你身边的。”

听着他轻柔的安慰，许轻樱终于感觉自己的心安定下来，脑子里不由自主地回忆起今天在电视台时彭芃和金北冷漠的样子。

总是在惹麻烦的自己，真的能好好待在Pinkgirls吗？看着烧烤架上四散的青烟，许轻樱陷入了思考。

“请问……你是Pinkgirls的成员吗？好像是叫许轻樱对吗？”一个有些迟疑的男声突然传过来。

许轻樱的头还埋在徐晚乔的怀里，她明显感觉到徐晚乔的身体一僵。不用想，她也好不到哪里去。本以为刚出道没有人会认识自己，没想到撸个串儿居然能遇到粉丝！而且她和徐晚乔还保持着这种奇怪的姿势！

“你认错人了，我朋友有些不舒服，请你不要打扰我们。”头顶传来徐晚乔冷冷的回应，声音里带着一丝着急。

“是吗？”那个男生有些犹豫，绕到徐晚乔背后想看清许轻樱的脸，“我很喜欢Pinkgirls新出的歌曲，前前后后看了不下几十遍MV，我刚刚在旁边坐着的时候就在打量，你朋友……跟许轻樱简直一模一样。”说着，他甚至伸出了手，想把只露出发顶的许轻樱从徐晚乔的怀里拉出来。

怎么办？现在又要惹麻烦吗？

就在她心神不宁的时候，徐晚乔突然转身，用背隔开了男生的手，话语里充满警告：“请你放尊重点，不要动手动脚！”

说完，他低下头，用只有两人能听见的声音小声说：“等会儿我拖住他，我一松手你就赶紧跑去公司，千万不要回家。明天就算新闻出来，只要你在公司就会有人给你证明。”

许轻樱点了点头，忍不住拨弄了一下自己的刘海，想把脸遮住。

徐晚乔慢慢松开了手，挡住了男生的视线：“这位先生，你已经给我和我朋友造成了困扰，如果有什么事你可以先问我，让我朋友休息。”

就是现在！

许轻樱顾不得其他，赶紧低着头站起来，匆匆往旁边走。身后传来那个男生和徐晚乔说话的声音，声音越来越大，她却不敢回头。拜托拜托，自己惹的麻烦已经够多了，千万不要再多一个！

好不容易在路边等到出租车，许轻樱赶紧上去坐在后座，小声地说："麻烦去秋元公司。"

赶到公司，许轻樱顺利地一路往里面走。今天因为参加电视台的节目，金北特意给大家放假一晚上，现在练习室应该没有人吧？

可是等她走到练习室门口，却隐隐听见了音乐声。她微微推开门，看见有两个人在随着音乐练习。

是戴着蝴蝶结的彭芃和表情严肃的苏妙娜。

音乐再次响起，两人没有多余的话，配合默契地再次开始练习，没有化妆的脸上全是汗水，甚至连身上的灰色速干衣上都能看见隐隐的汗水。

在自己看不见的地方，她们这么努力吗？许轻樱靠在门边，有些沮丧，自己好像差一点就毁掉了她们的努力。

第三章

引人误会的广告

1.

阳光躲进云层里，湛蓝的天空仿佛被水洗过一般，透出温润的光泽。飘浮的白云调皮地穿插在蓝色里，像是在跳舞的精灵。

从秋元公司顶层的落地玻璃屋顶往外看，仿佛只要伸出手，就能碰到天边的云朵，它们像是丝绒般的棉花糖，又像是冬天凝结的霜气。

Pinkgirls的成员们正聚集在顶层，三三两两地靠坐在玻璃屋顶下。昨天连夜排练的倦意还没有散去，她们就被金北召集到顶层的办公室。

许轻樱戴着淡蓝色的口罩，只露出一双没有神采的眼睛。通宵排练再加上休息不够，她感觉自己状态很糟，忍不住掏出一面镂空小圆镜。

镜子里的她就像个怪人——黑色的棒球帽遮住了大半个额头，棉口罩又遮住了她的鼻子和嘴巴，露在外面的只有一双无神的眼睛，大大的黑眼圈让她看上去简直跟熊猫一样。

她忍不住头一歪，靠在了旁边扎着蝴蝶结低着头的彭芃身上："队长大人，到底是什么事情啊？如果不急的话，给我半小时睡一会儿可好？"

"你每天想得这么美，徐晚乔知道吗？"彭芃有些受不了她，却还是忍不住跟她咬耳朵，"我听金北说过一次，好像是要拍广告的事。"

"广告？这是我们组合的第一支广告吧？"许轻樱一激动，忍不住摘下了口罩，声音里带着兴奋，"要是真能拍广告，每天在电视上循环播放的话，能增加不少曝光率吧？"

“孺子可教也。还是徐晚乔教育得好啊，上次电视台的事，他一说你就都明白了，现在居然还知道关心组合的曝光率。我们还是等金北来说吧，具体的我也不清楚。”看着金北慢慢地走进来，彭芃结束了谈话。

果然，金北说的就是拍广告的事情。

“现在有一支手表广告找到了我们公司。经过公司商量，男主角是杜墨，女主角……”金北拖长了声音，看了许轻樱一眼，“女主角定的是轻樱。”

有没有搞错，怎么会是我啊？望着四面八方突然聚集过来的视线，许轻樱有些胆怯。周围嗡嗡的议论声一时全部涌入她的耳朵，让她反应不过来。

“不公平！为什么直接定了女主角而不是大家试镜决定？”独自待在角落的苏妙娜突然走了过来，神情有些激动，“这是我们组合的第一支广告，当然要慎重，应该找合适的人……”

“我知道。”苏妙娜的话还没说完就被金北打断，“大家安静一点。在我们所有成员中，只有你曾经参加过公开试镜，也拍过广告，所以你觉得自己更有优势，对不对？”

心里的话被金北毫不留情地说出，苏妙娜的脸顿时有些红。

“可是这件事并不只单看个人的能力，还要看主角间的互动。女主角的人选是公司和杜墨一起决定的，以后是炒话题也好，是蹭人气也好，我们都必须听取杜墨的意见。所以，有其他意见先保留，我们到时候会酌情再考虑。”

金北的话音落下，大家的表情变得耐人寻味，投过来的目光变得更加犀利。

这让许轻樱觉得有些冤枉。拜托，我也只是上次在电视台见过杜墨，他为什么钦点我，我怎么知道啊？

许轻樱忍不住用肩膀撞了撞身边的彭芃，可是彭芃只示意她往那边看。顺着彭芃的目光，许轻樱看见苏妙娜的脸色变得有些灰白，双手放在身侧紧紧握成拳头。

“彭芃，虽然我也在状况外，但是不知道为什么，我觉得挺对不起苏妙娜的……我能不能……”

她的话还没说完，就被彭芃斩钉截铁地打断了：“不能，你别想拒绝！”

“我还没说完呢。我知道自己这个女主角是推不掉了，我想说能不能给苏妙娜争取个配角之类？”

“这个可以有。等会儿散会了，我们一起去跟金北说说，争取一下吧。”

“那你要不要……”

“不要，除了你，我还有一群猴子要管着呢。”

“哦，猴子队长。”

许轻樱好不容易和彭芃一起说服了金北，在广告里加了一个女配角的角色给苏妙娜，这让许轻樱的负罪感减少了一点。

可是等拿到剧本的时候，她却觉得更纠结了，因为剧本上的要求让她很不自在。

徐晚乔去找许轻樱的时候，就看到一个披头散发、穿着粉色长款睡裙的人正满床乱滚，原本安静待在床上的抱枕和玩偶已经被踹到了地上。

他走过去，从白色地毯上捡起被踹下来的无辜玩偶，拍了拍，放回床上，顺势用被子把床上的人包成了一个蚕茧。

“徐晚乔，你做什么呀？”

“我还想问你干什么呢。现在虽然是白天，可你这样披头散发吓人也不好吧？”

“我什么时候吓人了？我在自己房间随意点还需要你批准吗？”

“需要。我现在不批准。”

“你！我本来就很忐忑，你还过来专门给我添堵！”

听她的口气很不好，徐晚乔松开了被子。

一得到自由，许轻樱就直接抽出跟自己一起被裹起来的剧本，“啪”的一声扔到了他面前：“你看看，手表广告而已，为什么有那么多亲密接触啊？”

“亲密接触？”徐晚乔有些不高兴，接过剧本随意翻看起来，原来是一个花花公子游走在两个女生之间的故事。

“贴面？吻手？还有拥抱？手表广告为什么要这么亲密？”

“就是就是，不过我看过苏妙娜的剧本，比我的亲密接触多，我算是稍微获得了些心理平衡。不过……一想到对方是杜墨……为什么会是杜墨啊？”许轻樱只想哀号。

“怎么，是国民男神杜墨就让你这么兴奋？”徐晚乔的语气有些酸溜溜的。

“你哪只眼睛看到我兴奋了？我是感慨！杜墨那个自恋傲慢的家伙，我上次才在电视台得罪过他，谁知道他这次钦点我当女主角安的什么心？万一是要整我怎么办？”

看着许轻樱苦恼的样子，徐晚乔觉得有些好笑，忍不住用剧本轻轻敲了一下她的头：“你傻啊，哪有人会用这种机会公报私仇？你们Pinkgirls在他面前什么都不是，他不至于对你做什么。”

“不过，防人之心不可无，你还是离他远一点好。”最后，徐晚乔又加了一句。

“那怎么办？要不你到时候陪我去好不好？这周六你没课，应该可以的吧？”许轻樱仿佛找到了解决办法，忍不住虔诚地握住他的手，睁大眼睛微微嘟着嘴撒娇。

徐晚乔最受不了的，一是她掉眼泪，二是她撒娇。青梅竹马这么多年，许轻樱早就摸熟了套路。

“我周六要去电视台办理实习入职的事情，所以……可能只能送你到拍摄棚。好在那边离电视台不远，到时候有什么事你再给我打电话吧。”

“啊……”就像被抽掉了骨头一样，失望的许轻樱忍不住重新倒在了床上。

彭芃不在，徐晚乔只能送她过去，王安琪也要去拍画报，所以现场只有她跟不熟悉的苏妙娜以及不知道在打什么主意的杜墨吗？

她可不可以先为自己掬一把同情泪？

2.

风和日丽的早晨，太阳慢慢爬上了城市的上空，还没有觉得热便先感觉到一股清凉的风吹去心头的躁意。

可惜这股风怎么都没法吹进许轻樱的心里。

熟悉的黑色小车里，许轻樱垂头丧气地坐在副驾驶位上，对着镜子最后一遍检查自己的妆容。

黑色的长发烫成韩式卷发，海藻一般柔柔地散落在肩上，鹅蛋脸上画着流行的一字平眉，大大的杏眼化上了粉色桃花眼妆，小巧的鼻梁又高又挺，让她的眼窝显得更加深邃，薄薄的嘴唇上涂着同款粉色唇釉，整个人看上去就像落入春水的桃花一样，显得粉嫩又有元气。

可惜此时从她嘴里吐出的话却有些沮丧："徐晚乔，我第一次拍广告就一个人，会不会太惨了点？"

"什么一个人，金北不是在吗？苏妙娜不是在吗？我听说王安琪就在隔壁的摄影棚，这么多人陪着你还不够？"

"够是够，可我更怕杜墨啊。我昨天看了下微博，发现他今天要拍广告的行程，网上已经有了，会不会有很多人来探班啊？"

"探的是他又不是你，有什么好紧张的？你只要跟他保持距离一直微笑就行了，至于其他的就不要管了，现场还有很多工作人员呢。"

"好吧，那你一定要记得准时来接我啊，一定一定啊！"

"好好好，我跟你拉钩行不？"

"好，我等你啊，徐晚乔。"

好不容易道别完毕，许轻樱看着小车远去，默默给自己打气：没关系没关系，就算人多也只是来看杜墨的，我就是个透明人。

她一边自我安慰，一边往摄影棚走。

路上不断有拿着应援横幅和自制应援扇的女生出现，而她们等待的对象——看扇子上杜墨那轻佻的笑容就知道了。

许轻樱快走了几步，在二号棚发现了早已到达的苏妙娜。她穿着酒红色的灯笼袖长款连衣裙，裙摆刚好到小腿，突出了她纤长的身材。长发高高盘起，露出光洁的额头和修长的脖颈，看上去就像天鹅一样优雅。

看见她进来，苏妙娜只是淡淡地招呼一声，又低下头去研究剧本。

本来正跟工作人员说话的金北看见她进来，赶紧带她走到导演面前，微笑着说："导演，这是我们公司新出组合Pinkgirls的成员许轻樱，也是这次杜墨钦点的广告女主角，还有……苏妙娜也是。妙娜，快过来跟导演打招呼。"

苏妙娜听话地走了过来，脸上早已挂起了客套的笑容：“导演，您好，我叫苏妙娜，等会儿有不懂的地方还请您多多指教。”

许轻樱也跟着一起打了个招呼，却再也说不出更多的话来。反而是导演跟苏妙娜聊了起来，看样子聊得很愉快。

许轻樱悄悄看了看手表，现在已经快七点半了，怎么还没开始？

仿佛是看出了她的疑惑，导演解释道：“等杜墨来了我们就可以开拍了。你们俩也不用紧张，这个手表广告厂商指定要杜墨出演，所以我们的重点会放在他身上，你们只要自然一点、美一点就行。”

大牌果然是大牌啊，连迟到都没有人说什么，大家仿佛自动忽略了杜墨迟到的事实，顺着导演的话聊起了广告内容。

没过多久，摄影棚外突然传来一阵尖叫声。伴随着一阵阵“杜墨，我爱你”的声音，熟悉的黑衣保镖再次登场。

许轻樱忍不住翻了个白眼，连出场方式都这么与众不同。

下一秒，穿着蓝白色碎花衬衫的Jackson走了进来，他直接走到导演面前，说：“导演啊，我们杜墨一大早就去做了造型，这次广告的剧本也早早就熟悉好了，等下开拍你就知道了。”

“好好好，人来了就好，现在谁不知道杜墨就是成功的保证啊！上次听郭导演说，他们那个综艺节目因为杜墨，收视率都破三了。”

“那是，我们杜墨就是这么厉害，还谦虚地不让我们说。”Jackson明显很骄傲。

许轻樱不知道是不是自己的错觉，Jackson看到她时明显顿了一秒，然后直接无视了她。

“Jackson，别说那些有的没的了，我们赶紧开始吧。”随着声音响起，一个修长的身影慢慢走进了摄影棚。

他穿着黑色机车夹克，配上黑色印花T恤，显得低调又奢华。同款黑色皮革质感长裤，搭配棕色切尔西靴，整个人透出浓浓的另类朋克风格。

他看上去还是懒洋洋的，却像一个移动的发光体吸引着所有人的视线。许轻樱左右看了看，连苏妙娜在内，几乎所有的女生都眼睛一眨不眨地盯着他，仿佛怎么也看不够一样。

你们是中邪了吧？这么轻佻的一个人到底哪里好啊？许轻樱暗想。

在一帮露出花痴表情的女生中，一副苦大仇深表情的许轻樱格外瞩目。

很明显，杜墨再次看见了她，他慢慢地朝这个方向走过来。

“小家伙，居然又是你。”说着，他伸出手摸了摸许轻樱的头发，语气里带着可惜，“怎么弄成这样了？上次绑着发带很漂亮啊，下次我们见面还是老样子吧。”

喂喂喂，我们才见过两次，不要搞得我们很熟的样子好不好？而且，什么老样子？看看周围女生妒忌的眼神，你这是在给我惹麻烦吧？

许轻樱内心的吐槽明显没被周围人感应到，导演居然还乐呵呵地凑上来说：“想不到我们杜墨跟轻樱原来是老交情啊，怪不得杜墨指定要让轻樱当女主角，那就让我们看看轻樱你的魅力吧。”

听了导演的话，杜墨笑了笑：“是啊，这丫头跟别人可不一样，很有意思，想尽各种办法引起我的注意，被我发现了还故意装作不在意。”

我发誓，我根本就没有吸引你注意的意思！本小姐根本就没有跟你结交的想法，你不要信口开河好不好？许轻樱在心里反驳。

“呵呵，呵呵，杜墨作为师兄这么关照师妹，真是娱乐圈少有。”在大家探究的目光中，金北淡定地把他们的关系定位为师兄妹，勉强把这个话题圆了过去。

导演立马接过话茬："是呀是呀，这么和谐，相信等会儿我们的拍摄也会很顺利。大家别围在一起了，去做好准备工作吧。"

随着导演的话，围在一起的人慢慢散去。

许轻樱看着苏妙娜转身离去的背影，犹豫了一下还是跟了过去。

"苏妙娜，我想跟你解释一下。"

"如果是你跟杜墨的关系，那不用多说了。我相信你没有用不正当的手段竞争。"

嗯？

看到许轻樱有些发愣，苏妙娜直接一记暴击："先不说你这样内向不圆滑的个性，还有个徐晚乔在，你肯定翻不出他的五指山。"

意思是这么个意思，只是为什么听着怪怪的呢？

"别想了，反正你也想不明白，赶紧去后边换衣服吧。"

许轻樱被她噎得有些说不出话来。

还在跟导演寒暄的金北扭头看到这一幕，大声说："妙娜，你陪轻樱去换衣服，她不知道在哪里。"

接到金北指令的苏妙娜只好收起剧本，无奈地充当起临时导游。

她们走到好不容易腾出来的一个隔间，却被一个低着头从里面匆匆出来的女生撞了一下。

女生有些错愕地抬起脸，在看清许轻樱后突然慌张地低下头，胡乱说了句"对不起"就跑开了。

这女生看上去有点像刚刚外面举着杜墨应援牌的女生啊，不会是自己看错了吧？许轻樱暗想。

来不及细想，许轻樱就被苏妙娜拉进了隔间。苏妙娜指着旁边的白色娃娃领蕾丝长裙说："这是女主角的衣服，服装师说要有红玫瑰和白玫瑰的感觉。快进去换上吧。"

许轻樱听话地拿下裙子转身进了隔间，等她脱下衣服准备换上时，却发现裙子背后的隐形拉链不知道为什么爆开了。她仔细地翻了翻，发现拉链的缝线处全都爆开了，刀口整齐，看上去像是被人一刀划断的。

"妙娜，你还在吗？"许轻樱只觉得自己悲惨极了，为什么拍个广告衣服却坏了啊？

"怎么了？"苏妙娜的语气里隐隐带着些不耐烦。

"我的衣服好像有问题，拉链裂开了根本没办法穿。"许轻樱穿好自己的衣服，把裙子拿出来，指着拉链给她看，"你看，这里像是被人割开了。现在没有备用的裙子，广告拍摄马上就要开始了……"

苏妙娜看了看那条裙子，似乎也想到了进来时撞到的那个女生："看来应该是杜墨的脑残粉干的，可能是刚刚在片场听到了杜墨的话，忌恨你跟杜墨的关系。"

"那怎么办？我穿自己的衣服没关系吗？"

"你没看剧本吗？服装也是需要展现的部分。"

说完，苏妙娜没再看她，掏出手机打起了电话："安琪，你拍杂志那儿有备用的衣服吧？我们在二号棚，你带一件白色娃娃领……算了，你带一件白色清纯款的衣服马上过来，十万火急，快快快！"

仿佛是意识到了事情的严重性，不过几分钟，王安琪真的带了一件白色连衣裙过来。

许轻樱都来不及细看就被赶进隔间换衣服。万幸虽然材质不一样，但也是白色娃娃领的裙子。

“妙娜，到底怎么回事啊？”

“杜墨刚刚在摄影棚说了些话，也许导致轻樱被他的粉丝误会了，然后她的衣服就出了问题。”

“那杜墨到底说了什么话啊？快跟我说说！”

许轻樱生怕王安琪这个大嘴巴知道，换好衣服就马上冲了出去，拉着苏妙娜说：“没什么没什么，他就随口说了些奇奇怪怪的话。我发誓我跟他真的一点关系都没有。”

“真的只是随口说的？他的粉丝可不这么认为，快快从实招来，本小姐还能放你一马！”

“王安琪，你脑子进水了？我每天见你的时间都要超过二十个小时了吧，哪还有时间背着你做别的？”

“那可不一定，还有通信工具呢。”

“你……”

“够了！”苏妙娜严肃地说了一声。

已经跟王安琪闹上的许轻樱马上安静下来。

“听着，不管这件事是意外还是人为，你都必须迎难而上。你是我们Pinkgirls的门面，是这支广告的女主角，绝对不能受影响，知道吗？”

“好……好的。”

苏妙娜简直就是彭芃附体啊！许轻樱暗暗吐槽。

“那好，等会儿拍广告的时候一定要保持微笑，尽最大的努力。”

3.

灯火通明的摄影棚里摆满了巨大的白色反光板，没有其他布置，只有一大片绿色的帷幕做背景，考虑到后期特效的需要，他们只能完成无实物表演。

许轻樱把这当作一次演技的考验，认认真真按照导演的要求扮演一个清纯美少女。

而原本轻佻的杜墨仿佛自带开关，在摄像机开始工作的瞬间收起了嬉皮笑脸的样子，按照剧本笑着牵起许轻樱的手，轻轻把本次主打的当季手表给她戴上。

许轻樱仍有些僵硬，对他露出了一个微笑，在心里不停地催眠自己：这其实是徐晚乔的脸！徐晚乔的脸！

杜墨仿佛感受到了她的不自在，轻轻把她拉入怀里，然后引导她用戴着手表的那只手搂住自己，让手表更加显眼。

两人的发挥让监视器前的导演很满意。

“这一条拍得非常好，我们今天的拍摄结束了。”随着导演的话，原本以为要花很久时间的拍摄不到两个小时就结束了。导演似乎对成片非常满意，看向许轻樱和苏妙娜的眼神里也充满了赞许。

“我就说嘛，有我们家杜墨在一定能搞定的。要是没什么事，我们就先走啦，剧组还等着我们杜墨去对剧本呢。”Jackson大叔尖细的声音再次响起。

换好衣服的杜墨重新戴上墨镜，听到Jackson的话点了点头，却在抬脚往外走时突然转身，朝许轻樱的方向遥遥打了个招呼，引来一片尖叫后才满意地离开。

“他其实是只花蝴蝶吧？”轻樱忍不住抚额，真是个麻烦制造者。

她的吐槽没有被听见，因为此刻的金北已经笑得眼睛都看不见了：“轻樱这次表现很好啊，一点都不像是第一次拍广告，妙娜也不错。导演对你们很满意，看来下次还有合作的机会。”

有机会是好事啊，只要对象不是杜墨就好了，我可不想再被他的脑残粉惦记上！许轻樱一边想，一边摸了摸手机。还没到三个小时，要不要给徐晚乔发条短信炫耀一下？没有他，自己好像也做得不错？

下一秒，金北的话就让她打消了这个念头：“本来预计要三个小时，现在提前结束，我们就提前进入下一个行程——去电视台。你们可以先去休息室休息一下，等着与彭芃和团员们会合。”

许轻樱点了点头。这样的话，也会看到徐晚乔吧？

到电视台后，许轻樱好不容易在休息室补了一个小时的觉，还没有完全清醒就被彭芃叫了起来。

“大家都醒醒，我们现在要录制的是收视率特别高的谈话节目《星语星愿》，大家一定要打起十二万分精神，一旦说错什么，可能就是明天的报纸头条！”

躲懒没有看行程表的许轻樱有些错愕，居然是访谈？天啊，不会说场面话的自己不会又被推出去吧？

“下面我来分配一下座次。王安琪、苏妙娜、许轻樱和彭芃你们四个坐在第一排，其他人分散坐在后面。大家不用担心镜头，因为是阶梯式的座位，镜头一定会带到大家。”

“可是这样……不就没有特写了吗？”站在甜甜旁边的一个双马尾女孩有些不服气，她看了看彭芃旁边的许轻樱，说，“MV就算了，上节目、拍广告、做访谈，为什么就不能给我们一些机会？”

看着她灼灼的目光，许轻樱觉得有些撑不住。

金北没有过多理会，只说：“这是公司的决定。她们四个最早进公司，受到的训练本来就比你们多，以后等Pinkgirls红了，大家都有机会。”

随后，金北跟大家对完台本，便出去跟导演组做最后的沟通。他一离开，休息室就陷入了尴尬的沉默。

许轻樱没有说话，可是压抑的情绪排山倒海般向她袭来，因为她也不知道平凡的自己为什么会被选为门面，为什么会被推到最前面的位置。

彭芃拍了拍许轻樱以示安慰，许轻樱勉强笑了笑。

突然，门口传来敲门声。

离门最近的甜甜打开了门，发现外面站着一个面容陌生的男生。他身材高大挺拔，穿着深蓝色衬衣搭配西裤，打扮随意又精致。衬衫前挂着白色员工证，应该是电视台的工作人员。

“请问许轻樱在吗？”

如大提琴般醇厚的声音响起，让甜甜有些怔忪。她不自觉把门开大了一些，让他能看清休息室里的情景：“在的，你稍等一下。”

早在门被推开时，许轻樱已经看到了徐晚乔，她快步走了过去，跟着徐晚乔离开。

关上门的一瞬间，休息室炸开了锅。

“天啊，电视台还有这么帅的员工啊？”

“是呀是呀，要不是挂着员工证，我还以为他是哪个明星呢。怎么就单单找了轻樱呢？好羡慕呀！”

“羡慕有什么用，谁让轻樱是门面呢？可能是金北让他来找轻樱过去吧。”

知道真相的彭芃和王安琪默契地没有开口。轻樱的这个青梅竹马实在是太惹眼，本来因为门面的事情队员就有意见，如果再出什么岔子就更棘手了。

另一边，跟着徐晚乔来到偏僻角落的许轻樱看着他宽阔的肩膀，忍不住伸出手扯住了他的袖子。徐晚乔头都没有回，直接牵住了她的手，直到走到大楼的拐角处也没有放手。

“拍摄还顺利吗？”

“徐晚乔，你真应该看看，导演当时还夸奖我了呢，我也觉得自己演得挺好的。”

“是呀是呀，轻樱大小姐从小的梦想不是要当演员吗？这可真是个好机会。”徐晚乔伸手想揉她的头发，却被她偏头躲开。

“干吗呀？等会儿还要上访谈呢，你可别害我还要再补妆。”

“我就是来跟你说这个访谈的。”徐晚乔有些不放心，“轻樱，星星姐人很好，是典型的刀子嘴豆腐心，但是她很讨厌别人跟她绕圈子，比较重视你接受访谈的态度。所以等会儿上台了，你要保持镇静，一定不能跑偏或者有情绪。”

“我尽量吧。之前只觉得她说话犀利，具体的我也不清楚。”

“轻樱，你遇到答不了的问题就微笑，让彭芃或者苏妙娜解决。我猜金北在台下也会跟导演商量。说什么前一定要考虑清楚，千万不能给别人留下话柄。”

“好啦好啦，我知道了，你怎么跟老妈子似的？”

因为担心你啊，笨蛋。这句话，徐晚乔没有说出口。

“欢迎来到《星语星愿》，我是主持人星星。今天我们请来的嘉宾，是秋元公司新出的大型女团Pinkgirls，她们可是国民男神杜墨的师妹！让我们掌声欢迎！”

“大家好，我们是Pinkgirls！”

突然扫过来的白色灯光直接洒在她们身上，坐在前排的许轻樱只觉得有些睁不开眼睛。无数镜头就像黑色洞口一样密密麻麻地立在台下，站着或者坐着的工作人员挤在一起，看上去竟然比组合的人数还要多。

许轻樱有些晃神，上次参加综艺节目的阴影还没有散去，她怕自己这次表现不好，还会给组合惹麻烦，所以当星星姐开始提问时，她只是努力保持微笑，等着队长彭芃或者苏妙娜来回答。

“我们都知道，Pinkgirls虽然出道不久，但是成员各自的发展都不错。听说王安琪现在几乎成了《嘉人》的御用模特，那参加训练的时间会减少吧？”

被点名的王安琪扬起笑脸，之前拍杂志照片的烟熏妆还没来得及换掉，厚重的假睫毛让她的眼神看上去有些迷离，但她说出来的话滴水不漏：“星星姐说笑了，我刚刚拍完封面，不也赶着上您的节目了吗？时间都是挤出来的，我也相信我们的经纪人金北有能力协调好。”

许轻樱下意识地跟着点了点头。王安琪确实有时候会因为杂志拍摄不能参加排练，可是只要有空她就会出现在练习室。在公司，她顶着还没来得及卸下的浓妆跟着排练的时候多了去了。

“安琪真是会说话，看来是对公司很有信心了。但是我听说，你们组合人这么多，难免在资源分配上有些顾此失彼。似乎坐在前面的四位是公司力捧的成员，对吗？”

星星姐又是一记直击球，这让许轻樱手心都冒出了汗。

“是啊，谁让我们四个年纪最大、进公司最早呢？不早早做出成绩可能会直接被后辈们拍死在沙滩上呢。”彭芃略带调侃地回答了这个问题，间接点出她们是练习生前辈的事实，这也是演艺圈默认的规矩，前辈必须得到后辈的尊重。

“看来你们团的关系很和谐。我看你们四个都很有特色，你们组合的门面是……许轻樱对吧？是被杜墨钦点当广告女主角的那位？快来单独介绍让我们认识一下，看看究竟有什么魅力。”

许轻樱的脸色一白，牙齿忍不住微微咬住桃花般的下嘴唇。她很紧张，紧张得有些恍惚。

从远处射来的追光集中在她身上，她的眼前除了一片白色什么都看不清，耳边也只剩下机器嗡鸣的声音，这让她根本不能集中精神。

像是只过了短短几秒，又像是过了几分钟，她陷入了呆愣的状态，可是上次电视台的糟糕回忆又反复涌上来，让她不断提醒自己不能再次惹麻烦。此时此刻，她只能紧紧握住拳头，把指甲掐进肉里。疼痛感让她飘荡的心思不得不集中起来，就像瞬间回魂一般，她终于看清了眼前戴着眼镜、目光已经有些异样的星星姐。

许轻樱猛地站了起来，对着星星姐有些慌张地笑了笑，一抹羞涩和无助不经意间流露出来。

这让在娱乐圈阅人无数的星星姐有些动容，很久没有看见这样真实的情绪了。她叹了口气，帮许轻樱打了个圆场：“果然还是个小姑娘，倒是让星星姐想到了以前的自己。”

彭芃接过话茬，顺便赞美了星星姐。

还站着的许轻樱有些慌张地摸了摸自己的百褶裙，然后鼓起勇气抬起头，却在镜头边看见了一个让她意外的人——徐晚乔。

他是不放心自己，所以赶过来了吗？

许轻樱就像找到了主心骨一样，竟然奇迹般放松下来。她突然对着镜头的方向微微一笑，笑容里溢出的甜蜜就算隔着屏幕也能感受到，更何况是现场的人？

星星姐觉得她的笑容让人很舒服，再次把话题抛给了她。

而这次许轻樱没有怯场，顺利完成自我介绍：“我是Pinkgirls的许轻樱，在刚刚发行的《Party》专辑里担任门面位置。请大家多多关注我们组合，除了我，还有很多漂亮的小伙伴哦！”

一席话让在场的人都忍不住笑出了声，徐晚乔悄悄朝她竖起了大拇指。

随后的采访顺利多了，结束时，星星姐还特意拍了拍许轻樱的肩膀，说：“小姑娘挺好的，不要紧张，星星姐又不吃人。”

许轻樱腼腆地笑了笑，愣愣地点了点头。

当大家在台上鞠躬感谢全体工作人员时，许轻樱看见徐晚乔做了个去外面的动作。于是等全部结束，跟金北报备后，她走出了演播厅去之前两人谈话的地方找他。

远远地，那道清俊的背影出现在视线里，许轻樱忍不住大步跑过去。

听到声音的徐晚乔转过身看着向自己奔来的许轻樱，张开了双臂。

许轻樱直直冲进了他的怀抱里，汲取他身上熟悉的温暖。

“干得漂亮！星星姐都夸你了。”徐晚乔轻轻地在她耳边说，呼出的热气让她感觉痒痒的。

“那当然，也不看看我是谁！”许轻樱很骄傲。

徐晚乔把她轻轻从怀里拉出来，强制性地拉起了她的手。果然，手心还有深深浅浅的指甲印，有些还渗出了血。

“傻瓜，一紧张就这样，怎么从小到大这个毛病都没有改掉？”徐晚乔有些心疼，可惜手边没有医药箱，“回去我给你上药吧。金北那边我提前说过了。”

“那你翘班没关系吗？”

“没事，之前已经在这儿实习过了，他们都知道我，而且现在还没有分具体的节目组，翘班也发现不了。”

“你太奸诈了。”

“过奖过奖。”

熟悉的斗嘴场面加上徐晚乔宠溺的笑容让许轻樱的心终于安定下来。

徐晚乔，谢谢你，在我每一个需要温暖的时刻，都有你陪伴。

第四章

综艺挑战计划书

1.

熟悉的顶层办公室里，酒红色的真皮沙发整整齐齐摆成两排，红木圆形办公桌放在会议室的正中间，办公桌后面的墙上挂着大屏幕，投影仪正不知疲倦地反复播放着她们上次参加的综艺节目的片段。

被安排坐在前排的许轻樱看着镜头里自己毫无表情的脸，有些悲愤。说起来已经出道快三个月了，对节目形式已经有所了解，当时的她怎么会那么傻、那么天真呢？

对面的王安琪看着屏幕上掉进面粉堆的彭芃和苏妙娜哈哈大笑，一边笑一边跟旁边的甜甜窃窃私语，两个人笑成一团。看不过去的苏妙娜直接伸手拧住她腰上的肉转了一圈，才让她暂时消停。

站在主位上的金北无奈地看了看有些懒散的成员，敲了敲桌子：“大家注意一下，公司有个新提议，希望能联合电视台，开几期我们组合的专属节目。”

“专属节目？有具体策划案吗？”队长彭芃问出了声。

“有策划案，已经给了电视台，但是电视台那边的初步反馈并不好。”金北看了看目光都集中在自己身上的成员，轻声说，“所以我们需要自己再去游说电视台高层。公司的意思是让彭芃带着轻樱和妙娜去。”

“怎么会有我？”轻樱差点从椅子上跳起来，“我又不会说话！”

金北挥挥手示意她淡定："之前虽然跟郭导演之间有些不愉快，但是后面还是很好地解决了。星星姐对你的印象不错，她在整个电视台很有地位，她的意见高层也会参考。我也会陪你们一起去的。"

许轻樱有些沮丧地低下了头，看来无论如何都要走一趟了。

还没等许轻樱在心里想好措辞，金北已经把她们送到了电视台。

综艺课课长的办公室在大楼二十二层，敲门进入，许轻樱却意外地在办公室里看到了熟悉的人。

徐晚乔看看无精打采的许轻樱，再看看表情有些忐忑的彭芃和苏妙娜，有些好奇，是组合出了什么事派她们出来解决吗？

虽然很好奇，但徐晚乔还是识趣地打算先离开，却被郑课长叫住："小徐，你等一下，就在旁边听听。"

为什么徐晚乔还要旁听啊？求情这么羞耻的话，她到底要怎么说出口啊？许轻樱低下了头，不敢去看周围的人。

"郑课长，您好，我是Pinkgirls的队长彭芃，这两位是我们的队员。"她手上还拿着新打印出来的策划案，尽管已经在车上熟悉过了，但她还是有些忐忑，"请您看看我们的策划再做决定好吗？"

已经人到中年的郑课长端坐在乌黑的办公桌后面没有说话，金丝边眼镜后面的眼神并不慈祥："你们的策划案我之前已经看过了，并没有什么爆点，不能保证我们的收视率。"

"可是，课长，上次我们参加的综艺节目收视率破三，相信以后还能更好！"

"小姑娘，你不会以为我没了解过吧？"郑课长轻笑一声，说出的话却不留情面，“跟你们同场的嘉宾是杜墨，他才是收视率保证。我看过那期节目各个时段的收视分析，你们单独出来的时候收视率还不到二。这样的收视率在我们电视台是要垫底的！”

“郑课长，我们是新人，当时也没有什么经验。但现在我们已经出了几首单曲，名气也有了一定累积，如果能跟您合作，也有一炮而红的可能性……”

“你很会说话，可是这些都说服不了我。你们的策划案并没有数据支撑和长期计划，这些都是劣势。不要说我，就算是小徐，大概也会有其他考量。”说完，郑课长把策划案放在徐晚乔面前，示意他拿过去看。

在彭芃期待的眼神下，徐晚乔不得不硬着头皮拿起来仔细看。

“嘀嗒嘀嗒——”

许轻樱从未觉得时间如此漫长。

手上的几页纸，徐晚乔看了很久。

华丽的辞藻、漂亮的未来展望，现在的情况和节目主题策划却很含糊，换句话说就是没有干货。

徐晚乔抬起头来，看了看面带笑容看着自己的郑课长。他知道这是对他的一次考验，也知道这是抛给他的一个难题。

为了以后能在电视台待下去，为了以后能有更多机会接触到节目制作的核心，他不得不……

徐晚乔狠狠心闭上了眼睛，再睁开时，原本眼神里的挣扎意味已经没有了，剩下的只有冷静和客观。

“从内容上来说，这份报告并没有什么可行性，没有过多的计划，只是一直在强调以后，忽视了眼前电视节目的出发点。”

郑课长仿佛对他的话很感兴趣，抬手做出一个邀请的动作："继续说。晚乔，你是编导系的高才生，对这个应该有自己的理解，说出来让我们大家都参考参考，从另一个角度看问题。"

徐晚乔看了一眼已经抬起头的许轻樱，她漂亮的杏眼里写满了不可思议。如果此刻她开口，说出的第一句话一定是："徐晚乔，你疯了吧？"

没错，他现在不得不疯，他必须装作不认识许轻樱她们，尽量站在节目制作的角度来思考问题。

"我虽然只是粗略看了一下，但是也看出了几个问题，现在说出来供郑课长和大家参考。

"首先，Pinkgirls只是新出道的组合，之前的节目收视率高并不是凭借自身吸引观众。同样，一档新节目的设立必须有一个能站稳脚的切入点，光靠Pinkgirls的粉丝效应，完全达不到这一点，换句话说，光凭你们的名气，并不能达到预期效果。

"还有，Pinkgirls是国内第一个大型女团，想让十六个人都在节目上出彩是非常不现实的。频繁的主持人切换或者嘉宾切换容易让人产生不稳定感，观众也不会有很高的期待值，更难达到圈粉的效果。

"最重要的是你们的时间段安排。如果放在黄金时段，面对同期已经形成固定收视群的节目来说并不占优势。因为宣传形式和内容并没有太大的爆点，突围成功的可能性非常小，还要电视台搭上黄金时段的收视率，这是不现实的。"

……

徐晚乔的嘴巴还在一开一合，许轻樱却已经听不下去了。她一直以为徐晚乔还是自己印象中的那个人，今天才知道，不知道什么时候，他已经成长为一个才华横溢的人，他在自己的领域很专业，说出的话很客观，却让人觉得格外不留情面。

许轻樱看了看彭芃已经有些发红的眼睛，还有金北慢慢低下去的头，泪水也跟着在眼眶里打转。

她们确实不够优秀，但不是已经向着优秀在前进了吗？为什么连个机会都不给呢？

许轻樱忍不住狠狠瞪了徐晚乔一眼。

“你们听见了吧？小徐只是我们的实习生都能看出这么多问题，这说明你们的策划案确实没有什么参考价值。”郑课长对徐晚乔的表现很满意。果然是他看中的潜力股，把他想说的话直接说了出来，免去了自己的尴尬。

“郑课长，我们做得确实不好，您看能不能给点时间让我们修改一下？下次……”

“没有下次了。”郑课长用手指轻轻点了点桌上成堆的文件，“不是只有你们秋元公司一家有策划，如果每个策划都要看两遍，那我的工作量也会跟着增大。”

金北还想再解释，却被直接打断：“不用解释了，结果已经很明显，你们还是做好准备参加其他节目吧。”

见事情已经无可挽回，金北只能带着她们先离开。

离开前，许轻樱深深看了徐晚乔一眼，徐晚乔拿着策划案的手不禁一颤。

“我们不能就这么等着。”出了办公室，脸色严肃的金北看了看旁边沮丧的成员们，安慰道，“没关系，名气不够的话，我去找Jackson商量，看能不能请杜墨参加一两期增加人气。”

虽然不想承认，但粉丝效应就是这么强大，只要杜墨往那儿一站，就会有成千上万的粉丝自发守在电视机前为他冲收视率。

“彭芃，你再去复印一份策划案，把刚刚徐晚乔说的几点都标出来，我们再想对策。轻樱——”他看了此刻眼睛还红着的许轻樱一眼，轻声说，“你也不要怪徐晚乔，毕竟他自己也只是新人，在郑课长面前必须把私人感情放在一边，从电视台的利益出发看问题。”

许轻樱默默听着他的话。理智告诉她，徐晚乔并没有做错什么，可是情感上，她并不能完全接受。毕竟出现在她面前的徐晚乔，有时强势，有时温柔，有时迷糊，却都是站在她的角度看问题，从来没有这样赤裸裸地站在她的对立面。这样敌对的立场，让当时的她根本不想面对。

还是去求杜墨吧！杜墨也是秋元公司的人，至少算是她们这边的人。许轻樱下定了决心。就算她心里并不喜欢杜墨，但还是不得不装出友好的样子。

“Jackson，我是金北，你现在在哪里……公司？那你稍微等等，我有点事情想跟你谈谈……知道你忙，绝对不耽误你很长时间！”

在金北的一再保证下，Jackson终于答应拿出半个小时的时间给他们。金北马不停蹄地开车带着她们回了公司。等他们赶到杜墨专用的办公室，却只有Jackson一个人坐在那里。

许轻樱四处望了望，白色的墙上挂满了杜墨的古装剧照和写真，而办公桌的后面，居然是一幅大型的杜墨颁奖礼特写，仔细看的话，里面的每一张拼图都是杜墨独立的小照片。这是粉丝赠送的。心思如此精巧，粉丝对杜墨的喜欢可见一斑。

办公桌的旁边，随意摊开着一些包装盒，当季最新款的数码产品和高定成衣大大咧咧地摆在地上还没来得及收起，地毯上还散落着印有杜墨头像的抱枕。整个房间倒不像是办公室，简直就是孩子的玩具房。

“别看了，这都是各个应援站和粉丝给我家杜墨送的礼物，这可都是杜墨人气的证明，是羡慕不来的。”穿着黑底五彩花朵衬衫的Jackson声音一如既往的尖细，话语里的炫耀让许轻樱有些不舒服。

有什么了不起？杜墨从透明人成为国民男神不也花了好几年时间吗？Pinkgirls将来也可以！

金北搓了搓手，轻声说：“对对对，杜墨有你这样的经纪人，怎么可能不红？但是现在他人去哪里了？我记得你跟杜墨一向形影不离。”

“这不是你们要来吗？听你电话里的语气就知道没什么好事，我让我家杜墨先去美容室化妆了。”Jackson无聊地弹着指甲，话语里充满了嫌弃，“有什么话你就说吧。”

“不知道最近杜墨的行程怎么样？我们Pinkgirls计划开设一档节目，想请杜墨来客串几期嘉宾……不用太多，一两期就好！”看着Jackson暗下去的脸色，金北小心翼翼地说。

“是呀是呀，我们想请杜墨师兄……”

彭芃的话还没有说完，就被Jackson不耐烦地挥手打断：“不就是想蹭杜墨的人气吗？我猜你们这个计划暂时并没有得到电视台的同意吧？我们杜墨的电视剧还没有拍完，每天都要赶戏，应该是没办法上你们的节目了。”

“可是……”

“没有可是。金北，你要知道，我们杜墨可是秋元公司的活招牌，就算你拿公司来压我，我也不会同意。毕竟杜墨跟你们Pinkgirls站一起，傻子也知道该选谁。”

Jackson的话刺伤了在场人的心，金北勉强说了几句场面话就带着彭芃和许轻樱出来了。

电视台和杜墨，两连败。

“别灰心。今天晚上没有行程安排，我先送你们回家。明天还要去录音室录音，不要让情绪左右你们。”

“好。”许轻樱轻轻答了一句，一上车就瘫坐在后座上。

被连番拒绝的感觉，简直太糟心了。

2.

金汇小区的地下停车场里，金北把车停好，示意许轻樱可以下车了。

看着黑乎乎的停车场，许轻樱觉得自己的心情就跟这环境一样糟糕。

“现在已经到下班时间了，人会越来越多。轻樱，你赶紧回家，不要让人拍到你在外面。”金北交代完，就让许轻樱去停车场的角落等电梯。

一看到保姆车刷卡离开，许轻樱立马换到通往另一栋楼的电梯上，随手按下了“1”。

“叮咚”的声音响起，门刚打开，许轻樱就一只手遮着脸，一只手拉低帽子往熟悉的红色大门走去。

输入密码，进门，果然，时间还早，徐晚乔的爸爸妈妈都还没有回来！

徐晚乔，你受死吧！今天不整得你哭就对不起我们青梅竹马十多年的感情！

无视整个房间华丽的欧式风格装修，许轻樱步履匆匆地走过客厅墙边的火红色壁炉，朝里面白色的镶金边房门走去。

徐晚乔的房间，她太熟悉了，闭着眼睛都能想到里面的摆设。

靠窗的白色书桌上放着一台电脑，显示器上夹着她从网上买来的大红色Q版阿狸。徐晚乔当时异常嫌弃，却在她房间看到另一个后，默默夹上了。

除了书桌和白色的衣柜，房间里只有一张白色公主床。至于为什么是公主床——小时候她经常在徐家留宿，睡在徐晚乔的房间她也择床，所以徐晚乔妈妈干脆把床换成了跟她同款的公主床，这么多年，徐晚乔也习惯了。

她带着微笑扭开鎏金的门把手，却意外地发现徐晚乔居然坐在书桌前，电脑屏幕正停留在搜索页面，桌上摊着各种资料和书。

从背后看就知道徐晚乔很焦灼，一向整齐的头发居然被揉成了鸟巢头。原本憋在心里的火气突然变成了笑意，许轻樱使劲抿了抿嘴巴，走了过去。

徐晚乔没有回头，闷闷地说了句：“你来啦？”

“你怎么知道是我？”许轻樱随意地坐在他身边。

徐晚乔戴着金丝边圆框眼镜，搭配乱糟糟的头发显得异常可爱，跟电视台那个一本正经的徐晚乔简直不像同一个人。

一想到电视台的事，许轻樱的心情就低落下去。

徐晚乔慢慢伸出了手，带着一丝讨好握住了她的手：“轻樱，我在电视台不是故意针对你们的，我既然在电视台实习，就必须有自己的立场。”

“我知道，金北都跟我讲了。可是——”轻樱甩开他的手，忍不住揪住了他的耳朵，“就算你要客观，要装作不认识我们，也不用条条框框全都说出来吧？金北那么难堪还要安慰我们。下次再遇到金北，看你会不会不好意思。”

“是是是，我已经打电话跟金北道过歉了。不过我觉得口头没法体现我的诚意，所以，你看——”他扬了扬手里的资料。

许轻樱这才发现了被他压在书下的策划案。

“我打算帮你们修改策划案。你们之前的做得太不实际了，也显得缺少诚意。我现在改改，你们再拿去电视台试试，说不定郑课长会有兴趣。”

许轻樱愣住了，接过他手上的策划案翻了翻。徐晚乔苍劲有力的字体标注在冷冰冰的打印稿上，翔实的资料和严谨的出处不仅没有让策划案减少文采，反而显得更加得体。

“花了很久时间吧？你不是还在实习吗，怎么提前翘班了？”许轻樱很感动，却无法轻易说出感谢的话。

“郑课长对我很满意，就让我提前下班了。放心吧，整理这些没用多久时间。”徐晚乔随意地转动着手上的笔，笑容满面地说。

“策划案修改后各方面都很好，但是有一点确实很麻烦。光凭你们Pinkgirls的名气，电视台高层点头的可能性比较小，如果能找到杜墨帮忙，通过的可能性会大很多。”

“你的意思是，成败都在杜墨？”

“虽然不想承认，但现在确实是这样。”

“好吧，我尽量。”

“明天你把策划案拿给金北，然后想办法找到杜墨。我在电视台会帮忙看看能不能问到杜墨的行程。”

“徐晚乔，我本来是打算发脾气的，可是现在发不出来了。”

“舍不得？”

“嗯……”

“轻樱，只要是你，我就愿意。”

“傻瓜，抱抱。”轻樱张开了怀抱。

有你在身边，就是专属的温暖。

第二天，许轻樱拿着跟徐晚乔一起讨论修改后的策划案找到了金北，一条条讲了自己的意见。

金北翻了翻，觉得很神奇：“这次居然没有人鼓动，你就自发做了？”

“哎呀，我要去看看太阳是不是从西边出来了。”彭芃在旁边跟着说。

许轻樱有些不好意思，自己给他们留下的印象就是这样的吗？

“虽然我很多时候都在状况外，但是……为组合好的事情，我也会尽力的。这份修改后的策划案，我觉得可以再试试。金北，你要不要再拿给公司看看？公司重视总比只有我们自己重视好。”

金北一拍脑门说：“对啊，如果公司也觉得不错，那么分给我们的资源就会更好，跟电视台谈的时候也会更有底气。”他一说完就急急忙忙地去找经理了。

许轻樱还没来得及舒口气，个高手长的王安琪就直接过来搂住了她：“来来来，快跟我们分享一下突然变学霸的体验！你还是轻樱吗？快让姐姐检查检查是不是冒牌货。”

许轻樱忍不住一边笑一边躲她的“咸猪手”：“王安琪，你够了啊！彭芃队长，你怎么不管管她？”

“我也很怀疑你的真实身份！如果是穿越来的，那麻烦你继续保持这样的热情吧，让我们之前那个呆愣的轻樱消失吧！”

“喂喂喂，你们太过分了吧，居然还希望我消失！”

三个人闹成一团，连空气中都充满了欢快的味道。

而另一边的电视台，郑课长看着眼前新交上来的策划案，整个办公室一片低气压。

“小徐，你这是什么意思？”郑课长的脸色有些难看。他没有想到徐晚乔居然会单独来找他，拿的居然还是已经拒绝的跟Pinkgirls相关的策划案。

“郑课长，我只是想请您给她们一个机会。”徐晚乔坚持把策划案递了过去，“您看看吧。Pinkgirls毕竟是杜墨的师妹团，她们是秋元公司重金打造的组合，如果我们能在她们大红之前跟她们有深入合作，将来等她们大红了，对我们电视台也有好处。”

“你说的我都知道，但是，小徐，你自己也在电视台实习，从电视台的立场考虑，光是靠现在的Pinkgirls，根本没有那么大的吸引力，完全没法保证收视率。”

“如果能有杜墨呢？如果杜墨可以来当几期客串主持或者嘉宾呢？”

“如果有他，我就给你这个机会，甚至让你来做这个节目。”郑课长好不容易松了口，“小徐，我们电视台曾经也邀请过他，但都被Jackson拒绝了。如果现在他师妹的面子真的这么大请得动他，这未尝不是一个机会。”

“郑课长，相信我们吧。”

“好吧，只要你们邀请到他，我就给你这个机会。”

3.

电视台的停车场里，因为长期有明星的保姆车出入，所以安保异常严格，除了在出入口有很多保安大叔拎着棍子巡逻，就连电视台通往停车场的电梯附近也有人巡逻，更不用说VIP出入口附近，那里简直就是保镖界的大集合。

“轻樱，我找前辈聊了聊，今天杜墨会来电视台参加一档美食节目，估计会录制三个小时左右，不过因为主持人是罗莎姐，顺利的话很有可能提前结束，你大概十点半的时候在停车场等着他。”

在听到来自徐晚乔的一级情报后，许轻樱打好了算盘。这件事不能让彭芃她们帮忙，她们的录音行程到现在还没有结束，连金北都被叫回了公司等着，现在能依靠的只有自己。

许轻樱在徐晚乔的指导下，避开了一楼巡逻的保安，往职工专用的停车通道走去。为了不引人注目，她特意穿上了黑色的衣服，戴着练习时用的帽子，只想着越不起眼越好。她好不容易溜到员工通道入口，却看到保安队长正带着几个人往这边走。

糟糕！那个队长跟她们打过照面，不会还记得自己吧？许轻樱心里的小鼓已经咚咚地再次狂响起来，可是想到徐晚乔的叮嘱，她又不得不故作镇定。

天知道，此时此刻她好想让自己变成隐身人，谁都看不到她！

可是上天明显没有听到她的祈祷，保安队长原本正侧着身子跟后面的人交代安保工作，却发现前方有个人正鬼鬼祟祟地往停车场走，大白天的居然穿着一身宽松的黑色衣服，头上还戴着半旧不新的黑色棒球帽，简直就是赤裸裸地在说有问题。

“前面的女生，你等一下！”保安队长的雷达立马开启，他快走两步想跟上许轻樱。

许轻樱心里一紧，整个人都愣在了原地。她不知道自己现在是该拔腿就跑还是老实地转过身。可是她知道，自己现在一定满脸通红。

天知道她并不是那种淡定的人，一说谎就容易脸红，怎么办？

眼看保安队长已经带着巡逻队气势汹汹地走了过来，许轻樱忍不住把棒球棒往下压了压，眼神有些慌乱地左右乱看。拜托拜托，今天她可是全素颜，保安队长每天看到那么多人，应该不记得她了吧？

“你是谁？怎么会出现在员工专用通道？”保安队长满脸横肉，严肃地看着面前恨不得缩成一团的女生。

“我……我是电视台新来的实习生，要去……要去停车场拿东西。”许轻樱努力摆出坦然的样子，可是烧红的脸颊和不自觉缩起的脖子让人越看越觉得可疑。

“新实习生？我怎么觉得见过你？你的员工证呢？”保安队长明显不相信，只想着赶紧弄清面前人的身份。

“没……没带。”许轻樱的声音小得几乎听不见。

“没带？我看是根本没有吧？不管怎么样，先跟我回保安室核查身份。电视台可不是你想来就能来的地方。不管你是狗仔还是粉丝，你都要为你今天的行为付出代价！”

随便溜进电视台，这是在挑战他们保安队的权威吗？不拿出点真本事还得了！

许轻樱感觉自己的脑子“嗡”地一响，便再也听不见其他声音了。如果被他带去保安室，事情就闹大了！更倒霉的是，身为Pinkgirls的成员，还会牵扯到Pinkgirls整个团队！要是她暴露了，又该怎么解释自己偷偷摸摸出现在停车场的事呢？丢自己的脸也就算了，她不能连整团的脸都丢掉！

想到这里，许轻樱忍不住抬头打量了保安队长一眼，见他没有认出自己，又偷偷瞟了瞟他身后正怒瞪着自己的保安队员，悄悄盘算如果这个时候自己撒腿就跑，被他们追上的可能性有多大。

就在这时，员工通道的另一头突然传来一个温润的声音：“你果然在这里。”

许轻樱一回头，差点热泪盈眶。

徐晚乔穿着一件天蓝色衬衣，搭配深蓝色西裤，显得格外干练。黑色鞋子跟他手腕上的黑色皮表带呼应，不仅不显得暗沉，反而让他白皙的肤色显得更加出挑，多了丝沉稳和大气。

皮鞋踩地声在安静的通道里响起，许轻樱觉得似乎每一步都走在自己心上。她回过头，发现被蛊惑的不仅是她，保安队长和他身后的保安队员们也已经不自觉地面带微笑，她的心情终于平静了一些。

“找了很久都没看见你人，我只好亲自下来找了。王队长，有什么事情吗？”说话间徐晚乔已经走到了许轻樱身边。

“这位……真的是新实习生？”徐晚乔的大名他自然听过，据说不仅是个学霸，而且家里背景也很厉害，台里的郑课长对他很是看重。

“哈哈，算是吧。”徐晚乔轻笑一声，又凑到保安队长耳边，用只有两个人才能听见的声音说，“其实这是我妹妹，非闹着要跟来电视台看看，我拗不过她，只好带来了。我怕耽误工作，所以让她赶紧回去。这事还请队长帮我保密。”

听了徐晚乔的解释，保安队长哈哈一笑：“只要不是身份不明的人就好。你也知道我们做安保工作，就是要防住那些对明星进行骚扰的人，如果刚刚有冒犯也是职责所在。”保安队长大大咧咧地把手搭在许轻樱肩上，说，“小妹妹，对不住了，赶紧回家吧。”

许轻樱愣愣地点了点头，低着头快步走进了停车场，悄悄回头却发现徐晚乔没有走，而是站在那里跟保安队长说话，看她回头居然悄悄对她比了个“OK”的手势。

这是在帮她拖延时间吧？

一想到这里，许轻樱原本扑通扑通直跳的心终于恢复了平静。她知道，徐晚乔都说“OK”的事情，就一定不会有问题。

她干脆地拿出金北提供的线索，开始在整个停车场绕圈子寻找杜墨的保姆车。转了一会儿后，她终于在拐角一个不显眼的位置看到了挂金北说的车牌号的车。可是车里并没有人。

现在该怎么办？躲在暗处一直等着吗？

许轻樱有些无措。这时手机的短信提示音响起，她打开发现是徐晚乔发来的：“杜墨和Jackson刚刚经过，别怕，他们没带保镖。”

没带保镖？简直是天助我也！她悄悄藏身在旁边白色丰田车的尾部，直觉告诉她不能马上现身。

隔老远就听到了Jackson尖细的声音：“杜墨大少爷啊，你怎么把保镖打发走了，万一有疯狂粉丝怎么办？”

“放心吧，电视台安保做得很好。每天这么多人在面前晃，太烦了。Jackson，接下来还有什么行程吗？”

“电视剧拍摄已经提前杀青了，现在只剩下一些之前签好的综艺节目，还有几个剧本正在讨论。”

“那就是可以休息一阵了？”

“我的大少爷，你可不能休息，不保持曝光率，很快就会被粉丝忘记的。”

旁边偷听的许轻樱忍不住点了点头，对的对的，哪怕现在是国民男神，只要几天不露脸，说不定地位立马就被哪部电视剧的男主角取代了！

“知道了知道了，不过我这么帅这么阳光又这么有演技，她们要忘记还是很难的。”

“扑哧——”

偷听的许轻樱忍不住笑出了声。这人的脸皮是有多厚？真是从未见过如此厚颜无耻之人。

“谁？谁在旁边？”机警的Jackson立马把杜墨护在身后，“谁在那里？赶紧出来，否则别怪我不客气！”

许轻樱慢腾腾地从车后面绕了出来，露出媚笑：“嗨，杜墨，好巧啊！”

“我看一点都不巧吧。”Jackson盯着她，脸色黑沉地说道，“你是……Pinkgirls的许轻樱对吧？不去训练躲在这里装神弄鬼干什么？”

Jackson的声音充满嘲讽，许轻樱只能心里滴着血坚强地假装没听见，她抬头盯着隐在昏暗里的杜墨，说：“师兄，好巧，遇到你真的是太有缘分了。”

对于这种强扯“缘分”的事，杜墨其实已经遇到过很多次，可是这个一向走高傲路线吸引他的师妹突然改走讨好路线，让他觉得很有意思。

果然是对我有意思，居然千方百计地换路线让我不腻烦。杜墨自鸣得意。

“你好啊，轻樱。”此刻的杜墨对她非常满意。

杜墨的软化态度让Jackson很着急，他不耐烦地问：“我说你们Pinkgirls今天在电视台不是没有节目吗，保安怎么会放你进来？看来我要跟保安队的王队长好好聊聊了。”他边说边掏出了手机。

想到帮自己混进来的徐晚乔，许轻樱忍不住跑过去拉住了Jackson的手：“别别别，我只是很想找到杜墨本人而已。”

看着许轻樱着急的样子，杜墨忍不住扬起了嘴角，自己果然魅力无限，许轻樱居然都追到电视台来了！

“你找我是有什么事情吗？看你这么急切的样子。”杜墨伸手推开了挡在自己前面的Jackson，用一种温柔得让人发麻的声音说道，“只要你说，我都帮你。”

啧啧啧，这样纯洁的少女心，他一定要守护好呀！

“真的吗？”许轻樱的杏眼一下瞪圆了，“太好啦，我只是想请你参加我们Pinkgirls的节目，不用全部参加，只要出现几期就好……”许轻樱双手合十，眼巴巴地看着他。

脑回路异于常人的杜墨却自动解读为这是她想多跟自己接触，增加看到自己的时间。他忍不住托腮感叹：唉，魅力太大果然是一种烦恼！

“既然你这么诚心……”

眼看杜墨就要答应，Jackson不满地跳出来打断了杜墨的话：“不行不行，杜墨行程那么多，已经抽不出时间了。”

许轻樱看着杜墨，脸瞬间就垮了下来。

杜墨看着面前连肩膀都耷拉下来的许轻樱，突然觉得像是自己的宠物受伤了，忍不住伸出手摸了摸她的头顶：“真的这么想我去？”

“对对对，杜墨你的电视剧快杀青了对吗？时间就像海绵，挤一挤还是有的！而且我们的节目可以根据你的行程改动录制时间啊，只要你能来！”许轻樱的大眼睛一眨不眨地看着面前的人，眼里满满的请求简直让人没法拒绝。

“这样啊……那好吧。”杜墨耸耸肩，轻松地说。

“不会吧？”

“不会吧？”

两个同样的疑问句不约而同地响起，但一个暗含惊喜，另一个却满是不敢相信。

“好好好，杜墨你答应了就好。嗯，能不能请你对着我的手机再说一遍？我怕睡一觉起来会以为是自己在做梦。”许轻樱手忙脚乱地拿出手机对准杜墨，亮晶晶的眼睛让杜墨不禁一失神。

“我说，我愿意参加你们节目的录制。稍后就让金北来找Jackson谈具体的安排吧。”杜墨果然对着她的手机又说了一遍。

虽然无视了旁边Jackson的黑脸，但杜墨在他的催促声中，不得不上了车。杜墨摇下车窗，对许轻樱眨了眨眼睛：“你的心意，我感受到了。”

还沉浸在成功喜悦中的许轻樱一头雾水：什么心意？

杜墨还没来得及回答，保姆车就扬长而去，留下似乎带着不爽情绪的尾音。

许轻樱有些疑惑，但现在不是想这些的时候。她高兴地把刚刚杜墨说的话发给了金北，然后快步离开。

公司里现在肯定炸开锅了，她要回去分享这份喜悦！

等许轻樱满面笑容地回到公司，金北已经带着录音和新的策划案又去了电视台，只剩下成员们在会议室叽叽喳喳地说话。

她一进门，里面就像欢迎英雄回归一样，立马爆发出一阵欢呼。

“哇，门面回来啦！”

“快看快看，功臣来了！”

……

带着喜悦的话语像是插上翅膀的鸟儿般飞到了许轻樱的耳朵里，让她整个人也跟着愉悦起来。

等她走到彭芃身边时，彭芃欢快地举起拳头轻轻捶在她身上：“你居然不声不响就搞定了杜墨！许轻樱，你真是……干得太棒了！”

许轻樱忍不住哈哈大笑，扯了扯彭芃脑袋上的粉色蝴蝶结，说：“我家队长难得夸我一次，我要录下来！”

“别闹别闹，我的蝴蝶结要掉啦！”

在所有人充满希望的喧闹声中，她们终于等回了满面欣喜的金北。

金北敲了敲桌子，大家自觉站好。

“经过跟电视台的协商，电视台同意给我们组合单独开设一档节目，暂时决定做两个月，中间杜墨会客串出演几期。希望大家能抓住机会展示自己，努力圈粉！”

“好！”大家都很高兴，纷纷把许轻樱推到金北面前。

金北忍不住摸了摸许轻樱的头：“轻樱，你这次做得很好。”

许轻樱羞涩地笑了笑。

“现在我才有了你是我们门面的感觉。轻樱，加油！”金北轻轻地说道。

这是他目前对整个团最大的期望。

第五章

我的青梅竹马

1.

秋高气爽的晴天，湛蓝的天空中零零散散飘荡着几片白云，微风吹过，仿佛连云朵也染上了凉意。

人们已经穿上了长袖衫，夏日的暑气跟着一点点消失，让人心头也跟着舒爽。

明明才早上七点，正是空气清新的时候，电视台的摄影棚里却弥漫着一股压抑和燥热的气息。

被无数追光灯照亮的舞台上，巨大的LED屏上写着俏皮的“寻找世界奇景”字样。

屏幕前堆放着原本盛放的红玫瑰和白百合，只是经过一夜的烘烤和折腾，原本娇艳的花朵已经有些蔫了，连花冠都耷拉下来。更不用说已经被强烈的灯光直射了一晚隐隐散发出热气的地板，这让整个舞台都像架在火炉上一样。

没错，这个摄影棚已经连续运作超过十二个小时了，不说机器，工作人员也都已经非常疲惫，偏偏节目的导演——徐晚乔，到现在还没有点头说好，他们只能继续待在现场，充满怨气地准备下一场要用的东西。

场边的角落里，平时Pinkgirls全员到齐就会叽叽喳喳的场面并没有出现，反而静得可怕。

许轻樱闭着眼睛，乖乖地让造型师给自己补妆。一晚上的连续录制让她整个人看上去有些萎靡，为了达到在镜头里看着很有元气的效果，造型师只能不停地拍粉遮盖她疲惫的脸色，抹上大红色的腮红让她看上去气色滋润些。

等她再睁开眼睛时，一双杏眼显得雾蒙蒙的，仔细看才会发现，原本黑白分明的眼睛里此刻布满了血丝，眼下还有连厚厚的粉底也遮不住的黑眼圈。

许轻樱使劲摇了摇头想让自己清醒一些。她四处看了看，左边正在补妆的彭芃脸色有些苍白，很明显没有休息好，而角落里已经补好妆的苏妙娜也疲倦地闭上了眼睛，想趁着这几分钟休息休息。

“轻樱姐姐……”一直把自己当成透明人的一个成员怯怯地出声，“姐姐，我能不能再跟你对对词？虽然我只有两句话，但是怕中间有什么差错……”

许轻樱盯着站在面前的人。女生看上去跟她差不多大，穿着跟她同款的白色校服套裙，圆圆的脸就像一颗红苹果。

这个叫莫莫的女生樱桃般的小嘴微微抿着，表情有些忐忑。

此刻许轻樱的心思却有些飘忽，无法集中，这么像苹果的脸，摸上去手感应该很好吧？

看到面前的人一直没有反应，莫莫忍不住又说了几句：“轻樱姐姐，你就教教我吧。那个徐导演好可怕，一直重拍让我有点心慌。”

徐导演？

就像找到了主心骨一般，许轻樱发散的思维又重新聚拢，她不由自主地往那边望去。

此刻徐晚乔仍然站在监视器后面，一夜的折腾让他的横条白衬衫有些褶皱，却丝毫不影响他的帅气，袖子微微挽起，露出纤细的手腕。他正在指挥旁边的摄像导演重新规划视角。

许轻樱看不到他的全脸，但微微侧着的45度角显得他的下颚线条更加流畅，高挺的鼻子让他的侧脸像人偶一般完美。

不过，微微皱着的眉头和下拉的唇角，正明晃晃地告诉所有人他现在不高兴。也是，任谁监制了一晚上还没有收到满意的效果，恐怕都笑不出来。

许轻樱收回视线，对莫莫勉强一笑："我做得也不是特别好，不如你找彭芃或者苏妙娜问问，她们应该能给你一些指导。"

许轻樱并没有别的意思，只是有些内向的她在镜头前不如彭芃和苏妙娜放得开，甚至隐隐还有些拘束，这样的她，是没有办法给别人指导的。

之前录制的时候，别人没看出来，她却明显地感觉到，徐晚乔已经在爆发的边缘。

想到他发脾气时恐怖的样子，许轻樱忍不住有些胆怯。

可是莫莫没有感受到她的好意，以为她是故意推诿，圆圆的苹果脸皱成了一团："啊？可能确实是我多事了，一个小成员哪里有权利挑三拣四呢？算了，还是我自己再看看吧。"说完她重新退回到角落里，留给许轻樱一个有些凄凉的背影。

天地良心啊，我真的不是故意的！

许轻樱对着莫莫的背影瞪大了眼睛，心里的小人儿其实已经伸出了挽留之手，可是现实中的她只能愣愣地看着。她想再说些什么，却又觉得再多说会显得有些刻意。

看着和莫莫坐在一起的几个小成员不时投来的目光，轻樱更加说不出解释的话了。

“轻樱，准备录制了。”补完妆过来的彭芃轻轻撞了撞她，她只好重新收拾好情绪，再次进入状态。

“Cut（停）！不对，你们说的什么乱七八糟的东西？”监视器后面的徐晚乔突然喊停，台上正凑在一起强装笑脸的Pinkgirls成员们动了动僵硬的嘴角，没有说话。

“对事不对人，身为导演我现在要说几个问题。”徐晚乔从黑色的监视器后面绕出来，长腿一跨上了台，直直走到几个人面前。

按照台本流程，节目其实很简单，几个主持人会收到一份居住在绝景之地的屋主发来的邀请，而她们需要根据大致的地图来缩小范围，慢慢推理出具体位置，随后节目组会播放绝景之地的视频。

这个节目主打的是轻松的氛围，毕竟美女配美景的搭配能让人轻松。而大部分笑点，则应该集中在集体讨论时成员所表现出的状态上。

可是现在……

徐晚乔暗地里重重地叹了口气，虽然彭芃和苏妙娜很用心，可是这也改变不了这个节目目前靠后期剪辑都没法挽救的尴尬事实。

“首先，大家对自己的定位要清晰。彭芃你作为主要主持，必须调动台上的气氛。你们一群人围在一起，说了半天都是各说各的，而且还没说到最重要的事情上。我们的节目时长只有一个小时，难道大半个小时都是听你们说些风马牛不相及的事情吗？

“你们整体的状态不对，有些人连最基本的表情反应都没有，这让镜头怎么给你抓特写？抓到也会穿帮，对节目、对你们团都不好！

“这档节目是给你们组合圈粉的，那么最基本的组合互动在哪里？各说各话的小圈子根本就不吸引人，而且你们团的人看上去跟其他组合没有什么不一样！这样的节目播出去，你们的辨识度永远为零！

“还有，我要点名批评许轻樱。身为整个团的中心，在台上没有丝毫凝聚力，不说话、反应不积极，你躲在小成员后面就以为镜头看不见你吗？刚刚你走神打瞌睡了吧？彭芃特意抛给你的梗，你全当成耳边风！当观众、当你们的粉丝是瞎子、聋子吗？

“你们别以为别人看不见自己。只要在台上，所有的行为和表情都会被放大，都会被观众看到。你们必须尊重这个节目，也尊重自己的职业！”

徐晚乔的话像是一把把刀子直接插入Pinkgirls成员们的心里，她们却根本无力反驳。十二个小时的高强度表演，一遍又一遍的重来早就让她们忘记了第一遍时的新奇感觉，只想早点拍完。

原本站在彭芃后面有些昏昏欲睡的许轻樱听到自己的名字，忍不住抬起头，有些诧异地看着面前的徐晚乔，觉得有些不可思议。

全世界都可以觉得她有问题，但是他不行！青梅竹马这么多年，她不相信徐晚乔不知道她究竟是什么性格，要让她强行克服自己的毛病，根本不可能。

“徐晚乔，你……”许轻樱的话没有说完，她只觉得有些委屈。她已经尝试着往前迈一步，可就是放不开，总觉得在摄像机面前是作秀，不是真正的自己，这跟平时在公司练习跳舞、唱歌完全不一样。

“许轻樱，别以为你是这个团的门面就可以万事无忧。正因为你在这个位置，你就必须提高自己的曝光量！你这样散漫的态度让人完全感觉不到诚意，也浪费了这档节目的初衷。”

徐晚乔并没有因为许轻樱红了眼眶而停下来，语气反而变得更加严厉，如果仔细看的话，一定能看见他眼底一闪而过的担忧。

“许轻樱，不要松懈也不要放弃，除了你自己，谁也没办法帮助你。”

“徐晚乔，在你眼里我就是这么拖后腿的吗？”许轻樱的声音有些颤抖，她轻轻放开了彭芃伸过来安慰她的手，眼眶里的泪水在灯光的照射下像是璀璨的水晶，“我真的这么没用吗？”

徐晚乔没有避开她的视线，现在他的身份是导演，他必须把自己的事情做好：“轻樱，你现在的表现，根本配不上门面的位置。”

“啪——”

许轻樱似乎听见了自己的心裂开的声音。

现场突然陷入一片诡异的安静。知道许轻樱和徐晚乔关系的人只有彭芃和苏妙娜，刚刚在他们几近争吵的时候，她们同时保持了缄默。其他成员看她们没有说话，也聪明地保持沉默。金北不在，她们根本不知道现在该怎么办。

而那些工作人员并不了解徐晚乔这个新人，尽管是实习生，却是郑课长亲自交代要好好配合的人，这让他们根本不敢有所抱怨，只能用沉默掩饰尴尬。

“啪啪啪……”

鼓掌的声音突兀地插了进来，仿佛往水里投下小石子打破了平静。

众人顺着掌声看去，发现摄影棚的入口处站着一个身影。跟平时保镖、经纪人浩浩荡荡簇拥着的排场不一样，今天居然只有他一个人低调地出现。

原来真的有人只是随意地站着，就真的像是在发光。

白色衬衣外面套着黑色针织衫，搭配条纹单色围巾，显得随意且闲适。穿着深色休闲裤的大长腿并没有笔直地站好，微微弯曲的姿势完全露出了脚上白色的绑带休闲鞋，远远看着仿佛是出门郊游的大学生。

等他鼓着掌慢慢靠近时，灯光洒在他脸上，白皙的皮肤仿佛是刚剥壳的鸡蛋，一双桃花眼里含着春水，让人不自觉想靠近。

那双眼睛里像是倒映着漫天星光，又像是能反射人心的镜头。

此刻他直直地望过来，让在场的人都有些呆愣，只想成为他眼里的那个人。可这时他偏偏微微一笑，斜斜挑起的嘴角显示出此刻他心情不错。

杜墨走到了台上，没有停留地直接来到了许轻樱身边。他刚刚一直站在门边，远远地听见了台上的对话。

此刻看到许轻樱仍然微红的眼眶，他忍不住伸手摸了摸她的眼皮："不要哭，我来了。"

什么？

在场的人都是一脸疑惑。

为什么杜墨表现得跟许轻樱很熟的样子？说的话，简直像是在安慰女朋友。

而被安慰的许轻樱也有些摸不着头脑，来录节目就录节目吧，说得这么暧昧干什么？她悄悄看了徐晚乔一眼，他原本严肃的脸现在已经一片铁青。

"杜墨，你终于来了，我们都等了你好久了。"一直没说话的彭芃伸手拉开了许轻樱，扬起笑脸对杜墨说，"之前金北说已经跟师兄说好了，没想到师兄居然现在过来了。"

已经认定这是一场英雄救美戏的杜墨把手插进口袋，说："当然要来了，轻樱好不容易拜托我一次，必须要答应。"

喂，好好说话行吗？别说得好像我们有什么一样好不好！许轻樱盯着他，暗暗吐槽。

彭芃的嘴角有些抽搐。

杜墨的目光越过她，紧紧盯着许轻樱，眼神里的宠溺仿佛要溢出来。

这到底是什么情况？

在场的人都有些摸不着头脑。

这时，站在台上的徐晚乔冷冷地开口了：“既然大明星杜墨来了，那么我们就请他加入第二个环节，作为神秘嘉宾出场吧。”

杜墨听到声音，这才去看声音的主人。眼前的男生看上去年纪比他要小一些，气场却很强大。不知道是不是错觉，他总觉得这个导演似乎对自己有着隐隐的敌意。

“正式打个招呼。我是杜墨，是轻樱亲自邀请来的，以后请多多指教。”

“徐晚乔。”

回应他的只有冷冷的三个字。可是当两人握手的一刹那，仿佛有强烈的电流通过，震得在场的人也跟着身体一麻。

“你觉不觉得杜墨跟徐导演的身边有很强的气场啊？”莫莫轻轻问身边的成员，可是成员只顾痴迷地见证两大帅哥的历史性见面，并没有回答。

许轻樱看着两人，只觉得头大，一个挑剔，一个麻烦，凑在一起准没好事。

果然，两人虽然保持着微笑，可是等杜墨熟悉流程后，徐晚乔的挑剔病还是爆发了。但杜墨毕竟是纵横娱乐圈的当红小鲜肉，丰富的综艺经验简直甩了新人Pinkgirls好几条街，不管徐晚乔提出什么问题，杜墨都能当场改正，甚至在有些地方还能稍作指点。

两位高手过招，许轻樱也没有再说什么，老老实实遵循两人的指挥行动。

又录制了一个小时后，虽然差强人意，但总算达到了徐晚乔挑剔的标准。

“没想到杜墨你竟然这么厉害。”分开时，徐晚乔跟杜墨握手，随意地说。

“哪里哪里，但有些光芒总是遮不住的。”杜墨微笑回答。

两人明明没有说什么，但这种电闪雷鸣的感觉是怎么回事？

许轻樱已经懒得想了，经过这样高强度的录制，她只想回家好好睡一觉。

2.

“大家好，我是Pinkgirls的许轻樱，欢迎大家来到‘世界有奇景’节目……”

“大家好，我是Pinkgirls的门面担当许轻樱，今天要和大家分享这个世界上最漂亮的风景……”

“大家好，我是Pinkgirls的成员许轻樱，这期节目就由我来带领大家寻找世界各地美丽的风景！”

……

秋元公司地下练习室里，原本总是充斥着音乐声、舞蹈踩踏声，还有成员们叽叽喳喳说话声的封闭房间里，此刻只有许轻樱孤独的声音一遍遍响起。

好不容易拥有一段既没有行程又没有排练的时间，许轻樱却不得不向学校请了假，独自一个人来练习室。

因为她在节目里的表现，糟透了。

彭芃丢过来一个梗，许轻樱总来不及接住造成冷场，不得不靠苏妙娜救场。

因为大量的行程安排，加上还要抽空去学校上课，导致她睡眠严重不足。这让她根本没有办法长时间集中精神，所以在录制节目的时候偶尔会呈现出迷糊的状态，常常需要台上的人给她遮掩。

而杜墨更是不省心，在台上的时候居然光明正大地找她说悄悄话，可是麦克风都没有关，全场都能听见算什么悄悄话啊？

更恐怖的是仿佛打了鸡血的徐晚乔。许轻樱怀疑他是不是安了个摄像头在自己身上，要不然怎么自己有任何不对的地方他马上就能发现？而且完全不留情面，有一次更是当场喊停，让正拉着她要说悄悄话的杜墨跟她滚下台说完再录节目。

拜托，睁大眼睛看清楚好不好，没看见她满脸写着不情愿吗？

徐晚乔工作起来简直就像变了个人，随着录制的时间越来越长，他面对她的脸色也越来越差，更过分的是，在离开电视台后居然还躲着她不见面！

这是被气到了，还是压根不敢见她啊？

许轻樱轻轻叹了口气，认命地再次拿起台本，对着镜子反复练习反应和各种串词。

算了算了，不管是哪种情况，先做好节目总是没错的。

没有人指导，没有人见证，也没有镜头拍摄，许轻樱努力对着镜子表现出最轻松的状态。可惜从她僵硬的肩膀和不自然的嘴角就能看出她并没有真正找到方法。

“许轻樱，你真是笨死了。”许轻樱有些沮丧，她抬头看了看镜子里的自己。舞台装还没来得及换下，金黄色褶皱连衣裙上贴着各种颜色的绢花，头上还戴着花朵扎成的花环，可惜此刻已经有些蔫蔫的，就跟她自己一样。

许轻樱忍不住抬起手摸了摸镜子里的自己，突然有些迷茫：这样的自己，真的适合这个舞台吗？

“咔嗒——”

一声轻响让许轻樱回过神，她顺着声音看去，发现开门进来的居然是彭芃。

她已经换下了颜色鲜艳的舞台装，穿着简单的白色T恤和浅蓝色牛仔裤，戴着万年不变的蝴蝶结，脸上连妆都没有化，看上去就是个普通大学生。

“轻樱你在干吗？怎么一个人在练习室念叨？”彭芃边说边走近她，在看到她手上的一沓纸时，把纸接了过去，随手一翻却发现居然是下期节目的台本，上面用不同颜色的笔标注着注意事项，明显就是下了一番苦功。

“长进了啊，轻樱，居然知道练习了。”彭芃的声音里带着调侃。

“彭芃，你别笑话我了。”轻樱一把抢过台本，撇撇嘴说，“我再不加油，徐晚乔的脸就要垮到地上了！要是惹我们徐大导演生气了，后果简直不堪设想。”

“你这是在跟徐晚乔闹别扭吗？”

“谁跟他闹别扭了？这是他单方面挑剔我。”

“以你们的关系，居然还有这种时候啊！”彭芃笑了起来，“认识你们这么久，第一次看到你们这样。在电视台虽然装作不熟，但是你们之间那种冷冰冰的气氛，真是让人觉得走在你们附近都会被冻感冒。”

“但这都是我的错吗？”轻樱忍不住翻了个白眼，“我跟他什么关系？从今天开始没有关系了！这家伙一离开电视台连我的面都不见，也不知道是什么意思。”

“那你躲在这里有什么用？”

“人争一口气，我就要好好练习，让他看看没有他我也能做好！”

“好好好，轻樱大小姐有这个心就已经很好了！没关系，没有徐晚乔你还有我这个队长，让我帮你好好看看。”

果然关键时候，还是队友靠谱！

许轻樱眼泪汪汪地双手递上台本：“彭芃大人，小的就靠你了！”

“准奏。”

“各机位就位，准备，开始！”

随着徐晚乔的指令，台上的场务立马打板开场。在暖黄色舞台灯的照耀下，统一穿着红白格子裙的少女们欢快地从LED屏幕后面跑出来，带着青春与活力。她们的脸上都挂着笑容，仿佛甜进了心里。

第一排的许轻樱尽量让自己忽视台下黑压压的镜头，努力让嘴角的弧度看上去自然一些，然后跟着彭芃和苏妙娜走到了白色的半人高圆台后面。那是她们三人的专属位置，也是打光效果最好的地方，如果杜墨来了，也会站在这里。

其他成员偶尔会有变动，只有她们三个的位置一直不变。用金北的话说，她们就是拉动整个团的“三驾马车”。

许轻樱站在两人中间，深吸一口气，努力让自己平静下来。有些刺眼的灯光、面前黑压压的摄像机和工作人员，还有烘烤出来的热度让她的额头开始不停冒汗，她想伸手擦一擦却怕被摄像机捕捉到，只能微微仰起头不让汗水流下来。

“大家好，我是Pinkgirls的成员许轻樱，欢迎大家来到我们节目做客。在开始前，我想问问大家……”

按照之前台本上的话，轻樱一字一句地背诵着，可是越到后面，脑子里越一片空白，甚至连张嘴都需要花很大的力气。旁边的苏妙娜和彭芃则达成了默契，似乎都肯定她能做好一样。

才说到一半，许轻樱就卡壳了，说话也有些吞吞吐吐。

“所以……如果可能，观众们可以试着……”试着干什么？许轻樱悲哀地发现自己脑子里那根记忆之弦真的断掉了。

尽管彭芃在第一时间接话，但这细微的停顿还是被台下的徐晚乔发现了。

“Cut！你们这是在干什么？”

徐晚乔严肃的声音带着凉气透进每个人的心里，让原本被强烈的灯光照得有些燥热的成员们迅速降温，恨不得直接冻成冰块才好。

坐在后排的成员更倒霉，一句话都还没来得及说就被教训了！

同样在监视器旁盯着的金北看了看台上低着头的许轻樱，又看了看身边面色不善的徐晚乔，无奈地当起了和事佬：“晚乔……徐导演，这是怎么了？”

徐晚乔没有理他，直接走到台下看着台中央的三个人。尽管处在下端，但是他的气势丝毫不弱，让人不敢直视。

“许轻樱。”徐晚乔点到了轻樱的名字，她不得不低下头看着他。

不知道是不是她的错觉，几日不见，徐晚乔似乎憔悴了许多，他的脸色有些苍白，漂亮的眼睛下居然透着青灰色，一看就是休息不足导致的。花瓣似的嘴唇轻轻抿着，别人不知道，许轻樱却从他微微耷拉的嘴角发现了他的不高兴。

他……真的生气了？

完了完了，徐晚乔生气了很恐怖的！

许轻樱瞪大眼睛不眨眼，努力逼出自己的眼泪。可是徐晚乔叫过她的名字后一直没说话，低沉的气压让她的举动像个笑话。

“彭芃。”徐晚乔没有说话，接着点名。

原本缩在圆台后装死的彭芃不得不绕出来站在许轻樱旁边，两个人垂头丧气的样子特别像是被班主任抓住的“典型代表”。

看情况不对，金北赶紧上前：“徐导演，有什么问题你指出来就好，我看轻樱的表现比原来进步多了。我们第一期节目已经先给郑课长看过了，郑课长也说还不错啊。”

“对这个节目，台里本身期望就不高，所以对收视率的预期并不乐观。”徐晚乔隐去了自己曾经做过保证的事情，只是说，“既然节目交到我手上，自然是希望它能做好，有自己的特色，而现在这种特色根本没有体现出来。”

徐晚乔撇下面露不解的金北，盯着台上的两人，轻声问：“彭芃，你是不是给许轻樱做过单独辅导？”

这都看出来了？许轻樱有些震惊地看着他，却发现他的眼睛里透着了然的神色。

在他强大的气势下，连彭芃都不得不承认：“是的，我看轻樱一直一个人练习，所以指导了她一下。”

“你知不知道所谓的指导，会造成角色重复？”徐晚乔的声音里透着异乎寻常的冷静，犀利得让人招架不住，“你所谓的指导，就是把自己的经验和方法传授给她，让她去做、去模仿，那她只是第二个你，有什么用？”

彭芃表情一僵，有些讪讪的。

看见彭芃脸色不好，许轻樱只觉得是自己的原因让她不好过，下意识地跨出一步挡在彭芃前面：“是我请彭芃帮忙的，有什么问题直接找我，不要为难她。”

“为难？许轻樱，你是不是到现在还觉得是我在故意针对你？”

“难道不是吗？我做得不好我承认，可是我不能一直原地踏步什么都不做，我练习是为了做好节目。”许轻樱越想越气，也不管徐晚乔此刻导演的身份，把心里的话说了出来，“我做得不好，但在努力改正、进步，彭芃只是想帮帮我，她并没有错，错的都是我。”

“轻樱，别说了。”彭芃恨不得伸手捂住她的嘴。在电视台跟导演抬杠，是嫌节目太多了是不是？

“许轻樱，你跟我来。”徐晚乔转身往后台走。

许轻樱没反应，彭芃推了推她，她趔趄着跳下台，因为惯性往前走了两步才停下来。

环顾四周，几乎所有人都在看着她，她咬了咬嘴唇，跟了上去。

“没事了没事了，徐导演需要私下指导轻樱，大家先休息一下吧，我去买点饮料给大家解解渴。”金北第一个反应过来，笑着招呼现场的工作人员休息。然后，他扭头对彭芃说：“你在现场先看着大家。”

彭芃点点头，瞟了一眼坐在后排凑在一起议论的成员们。

莫莫看到了彭芃的眼神，用手肘撞了撞旁边还在说话的女生。大家看了眼彭芃，都突然噤声，乖乖地坐在那里。

彭芃转身看了看还在圆台后的苏妙娜，她一直没有说话，此刻居然拿出台本正在仔细看，仿佛周围的环境对她没有任何影响。

感受到彭芃投来的目光，她也只是抬头看了看，一句话没说又低头继续看台本。

彭芃暗暗摇了摇头。

3.

后台安全出口的拐角处，人来人往的电视台并没有多少人注意的角落里，许轻樱和徐晚乔站在一起，两个人都没有说话。

一时的意气用事后，许轻樱的脑子慢慢清醒，之前跟郭导演抬杠时，徐晚乔曾经说过的话在她的脑海里回放出来。

“作为新人你们没有挑剔的权利。如果现在你们就敢对节目进行质疑，以后大红了又会怎样？从节目来说，这样的嘉宾确实不受欢迎。那么在同等条件下，为什么不选择听话又有话题度的嘉宾呢？”

刚刚自己当着所有工作人员对他发脾气，这次……是不是又搞砸了？许轻樱心里忐忑不已。

“轻樱，我……”

“对不起。”

迟迟没有说话的两人同时开口，徐晚乔对许轻樱突然的道歉感到意外。

“怎么突然说对不起？”

“因为我知道自己做错了，徐导演。”轻樱咬了咬下嘴唇，然后低着头继续说，“你是导演，也是整个节目的权威，我不应该质疑你。”

原本靠在墙上的徐晚乔站直了身子，这样的许轻樱让他觉得有点陌生。

在他的印象里，许轻樱是一个很特别的女孩，刚接触时会觉得她敏感、内向，可是时间久了会知道，她有勇往直前的心，永远用最直接的态度面对周围的人，像孩子一样天真。

徐晚乔喜欢的就是这样的她。看着她从稚嫩的小女孩长成现在耀眼的少女，他一直纵容她愉快地成长，把她捧在手心，也把她妥帖地放在心里，只希望她能无忧无虑。所以他从没认为她做错过什么，顶多只是不懂事而已。

也正是因为这样，轻樱的妈妈才会特别担心，强行让他们在不同的大学念书，甚至送轻樱去参加秋元公司的选拔，就是怕徐晚乔把她保护得太好。

不过此刻她突如其来的道歉让徐晚乔有些慌张，好像在他看不见的地方，她已经独自成长。

“轻樱，你怎么想通了？”

“因为你之前告诉过我啊。那时候我录郭导演的节目时，你就是这么劝我的。只是对着你的脸，我没法摆正心态，总觉得你还是那个徐晚乔，却忘记了你在电视台的首要身份是导演。”

“所以呢？接下来你要怎么办？”

“回去当着所有人的面向你道歉，然后继续做好节目。”

徐晚乔忍不住抬手摸了摸她的头发，眼睛里的宠溺若隐若现：“轻樱，你现在做得很好，节目里你可以做得更好。”

许轻樱有些疑惑地抬起头看着他。

徐晚乔笑了，许久未见的梨涡也露了出来：“回去看看彭芃想通没有。你要知道，你们虽然是一个团体，但这个团体是由你们每一个独立的成员组成的。等会儿回去你就把我的话告诉她吧。”

“嗯。”许轻樱似懂非懂地点头。

一回到摄影棚，许轻樱就当着所有人的面向徐晚乔道歉，徐晚乔高傲地接受后走到另一边继续进行接下来的工作。

许轻樱被彭芃拉到了一边。

“没事吧？”彭芃有些担心，虽然他们去的时间不长，但她还是觉得不放心。

许轻樱拍了拍她的手，把徐晚乔的话一股脑儿告诉了她。

“他这是什么意思？”许轻樱有些不解，徐晚乔说的话对节目究竟有什么意义。

“独立的成员？”此刻彭芃的大脑正在高速运转，她想起之前徐晚乔批评过她们的话，脑筋一直在“定位”的问题上打转：自己教轻樱一些方法，轻樱像自己一样能在镜头前放松……

像自己?

像是突然打通了任督二脉，彭芃懂了。她一把抓住明显一头雾水的许轻樱，说：“我知道了，我知道他的意思了！我是彭芃，你是许轻樱啊！”

“我知道我们的名字啊！”

“我们是不同的个体，而在镜头前，我们最有特色的一面都被放大了。我轻松活泼，那么镜头前就不需要第二个这样的人了。而你许轻樱自然也要有自己的特点，那我们为什么不发挥你最大的特点呢？”

“我最大的特点？是什么？”

彭芃像兔子一样蹦到旁边拉过苏妙娜，扬了扬下巴：“苏妙娜，你说说你印象中的轻樱是什么样子的？”

苏妙娜上下打量了一下明显还没回过神的许轻樱，说：“有些害羞，爱犯迷糊，还有爱打瞌睡。”

“看吧！”彭芃兴奋地一拍许轻樱的肩膀，“百分之八十的人对你都是这个印象！我们就按这个方向打造你！以后遇到接不住的梗或者镜头抓拍你，你就表现出迷糊的样子，要是搞不定你就直接说自己想打瞌睡。”

许轻樱觉得有点奇怪：“这……是让我本色演出？”

“不，是巧妙地本色演出。乖，等会儿录节目你就保持这个状态好了。”

得到彭芃指点的许轻樱不再在镜头前按照彭芃教的方法努力让自己保持开心活泼的状态，反而开始按照自己的步伐来跟着节目的节奏走。

对于彭芃抛过来的梗，她不再刻意地去接，一个走神没有接住，笨拙地进行补救反而成为全场的笑点。

“今天的节目就到这里，我们下期再见。”

“哎呀，轻樱好像要睡觉了，又迷糊了。”

“不迷糊不迷糊，我回过神了。”

“那好，就让我们一起说再见吧。”

……

随着许轻樱最后一个微笑，徐晚乔满意地喊了“结束”，然后快速转身走向了机房。

台上的许轻樱还有些怔忡，这就过啦？居然没有任何批评？

后面的成员已经一一鞠躬离开，彭芃拉着许轻樱，异常兴奋地说：“看见没有，我们居然一次就过了，中间没有停，听说电视台现在只有资深主持才能做到。”

金北同样兴奋地走了过来：“没想到你们在台上这么放松，特别是最后结尾的时候，真的很像是一群闺密在说话，很自在又彼此了解，相信最后出来的效果一定很棒！就算没有杜墨，这期的收视率应该也不会差。”

所以……这样就对了？这是已经找到正确的方向了？许轻樱还在努力寻找节目中的感觉，看看能不能总结一点经验。

兴奋的彭芃直接给了她一个大大的拥抱：“我们真是太棒了！快快，现在去跟徐晚乔说声谢谢。没有他就没有想通的本队长，没有想通的本队长就没有还原的你，没有还原的你就没有节目的成功！”

许轻樱差点被绕晕，脑子里只剩下彭芃说要去谢谢徐晚乔的话。这次她没有推辞，跟着彭芃一路询问工作人员往后台走去。

如果她们仔细观察就会发现，给她们指路的工作人员脸上带着一丝鄙夷。

来到后期剪辑室门口，两人还没有进去，就听见里面传来一个熟悉的声音：“导演，你看我这个镜头拍出来好丑，我的镜头感不强，你能不能给我一些指导？”

听到声音的瞬间，两人忍不住对视了一眼——这是莫莫的声音？

“你做得挺好的，指导我谈不上。”徐晚乔的声音客气中带着疏离。

“那导演，你看我还有哪些需要改进的地方呢？你跟轻樱姐单独谈过以后，她就表现得特别自然了，你能指导一下我吗？”

许轻樱听见自己的名字，不由自主地竖起了耳朵想听听徐晚乔的回答，里面却安静下来。

怎么回事？

彭芃象征性地敲了两下门后，便推开了房间门。首先映入眼帘的是成排成排的电脑，每台电脑前都坐着一个戴着耳机正在看片子的后期制作人员。

似乎……打扰别人工作了。

许轻樱轻轻吐了吐舌头，目光悄悄搜寻刚刚声音的来源，终于在靠里的角落看到了徐晚乔和正背对门口的莫莫。

莫莫不知道有人进来，还在徐晚乔面前继续献殷勤："徐导演，看你年纪也不大，我能叫你哥哥吗？"

"不能——"

许轻樱没有开口，旁边的彭芃板着脸咳嗽了两声。

听到声音，莫莫的背影一僵，慢慢转过身来，带着一脸难以置信的表情，原本红润可爱的苹果脸现在看着更像是一团死气沉沉的白面。

"徐导演，打扰了。我先带她回去。"彭芃的脸色非常严肃，当着这么多工作人员的面就敢这样，别人会怎么看Pinkgirls？

"彭芃姐姐，你误会了，我只是……"莫莫有些语塞。

彭芃没有容她多说话，只是静静地看着她。在她的目光下，莫莫终于低下了头，沮丧地跟着她走了。

留下的许轻樱看了徐晚乔一眼，也跟着转身要走。徐晚乔跟了出去，在没人的拐角一把拉住她："轻樱，你等等。"

"等什么？一定有不少小妹妹排着队等你指导吧？怪不得从头到尾都不待见我，原来是要指导的人太多，我排不上号。"

"我根本就没有搭理她，谁知道她是怎么跟过来的。"

“但你还是私下跟她说话了！”

听了许轻樱的话，徐晚乔反倒笑了：“没想到轻樱的醋劲这么大，我只是跟她说话就让你不高兴了？”

心思被点破让许轻樱一时有些害羞，她扭头就想走，却被徐晚乔反手拉入怀里稳稳地抱住：“轻樱，你乖乖的好不好？我现在很累。”

如果许轻樱仔细看就会发现，徐晚乔的脸色有些憔悴，眼下的黑眼圈也很明显。

然而此时的许轻樱却从他的话里听到了别的意思：“你是觉得，我无理取闹？”

“我再说一次，不马上打发那个女生是为了你们Pinkgirls的名声着想，如果我大声说话或者直接拒绝，你们组合以后会很难堪！”

“组合的事情是我们内部的事情，不劳徐导演操心，我要回去了。”

“等忙完了我们再讨论吧。”徐晚乔想着过几天再跟轻樱解释，却不知道这样的态度反而让轻樱更容易误会甚至胡思乱想。

他这样，是不是觉得这根本就是件小事？气呼呼的许轻樱完全没把徐晚乔的解释听进去，甩下根本没意识到问题严重性的徐晚乔，去了金北指定的集合地点，到了却发现一向吵闹的集合今天异常安静，甚至有些肃穆。

许轻樱走近才发现，彭芃还在角落跟莫莫说着什么，虽然身高不够，但气势十足，她面前的莫莫一边点头一边不时用手擦眼睛。

许轻樱突然觉得不知道该说什么了，彭芃虽然爱唠叨，但一向爱惜成员的面子，从不在公开场合批评人，可是现在……

电视台的走廊上人来人往，不用说，一定有很多人看到了这一幕。

“不要过去。”金北走到她身边，小声说，“事情我已经听彭芃说过了。这不仅是对莫莫的批评，更是要做出态度给电视台看、给成员们看，让大家知道莫莫的行为不是我们指使的，也并不值得鼓励。”

许轻樱听了他的话，看了看周围，果然看到同来的几个成员脸色都不是很好，却都没有说话，只默默地站在一边。

莫莫的样子，让许轻樱想到了自己跟郭导演顶嘴时的状况。

做错了事就要接受惩罚，这大概就是她们必经的成长吧。

第六章

秒杀菲林的陷阱约会

1.

柔和的风吹过学校里的百年老树，树叶发出沙沙的响声。古木中间是长长的青灰色阶梯。传说每一级台阶都是由一个年级的毕业生集资修建的，不仅有拾级而上的意思，也炫耀着学校超过百年的历史。

许轻樱抱着课本慢慢地走在阶梯上，长至脚踝的粉色裙摆轻轻扫过，像是在调皮地打招呼。

今天她穿着一条立领裸粉色长裙，剪裁简单，设计大方，胸前端端正正的同色系小口袋上绣着一朵小小的红色牡丹花，让人第一眼就被不自觉地吸引。

明明是俏皮可爱的学生打扮，可是扎着半丸子头的许轻樱脸上看不到一丝笑意。

她好不容易抽空来学校交论文，却因为前一阵请假太多有些跟不上进度，今天只能先从图书馆回来，看看能不能找教授先看看论文不足的地方，自己再修改。

因为论文、因为行程，也因为许轻樱下意识的回避，好像自从最后一期节目录完以后，她就再也没见过徐晚乔，甚至连电话都没有打过。

要知道，就算当年徐晚乔跟着朋友出海横跨太平洋，都记得每天打电话给她。现在这样的冷战，真是让她又生气又担心，却偏偏拉不下脸。

唯一值得高兴的是，让他们闹别扭的那个节目收视率节节攀升，

Pinkgirls的名气也跟着大涨，有了很多路人粉。高兴的金北一挥手，要求大家今晚都回公司一起看最后一期节目，顺便举行庆功宴。

说起来，自己平时真的跟电视上看起来的一样迷糊吗？居然真的有很多人喜欢这样的自己？就在许轻樱胡思乱想的时候，一群穿着足球服的男生匆匆从阶梯上走下来，他们的手上还拿着足球，正笑嘻嘻地说着什么。

许轻樱赶紧往旁边让了让，好让他们走过去。

其中一个戴着圆眼镜的男生从她旁边经过，下意识地看了她一眼，有些惊讶地停下了脚步。

见他停下，他的同伴们也有些不解地望过来，看见许轻樱时居然彼此推搡了一下，连眼睛都亮了。

“请问你是Pinkgirls的那个……那个……迷糊……”

“哎呀，是许轻樱对不对？就是节目中偶尔会处在迷糊状态的门面担当吧？”

“没想到女孩子迷糊起来这么可爱。”

他们一边说一边兴奋地打量着面前的这个女生，普通的长裙、流行的丸子头都跟其他女大学生没什么不同，一定要说特点的话，大概是笑容让人觉得很舒服，看过来的眼睛黑白分明，清澈得像一汪泉水。

许轻樱被这突然而至的热情弄得有些不好意思，她轻轻笑了笑，透出一股害羞，眼神却很坦荡：“没错，我是许轻樱，也是咱们学校的学生。各位同学好。”

“哈哈哈，我就说嘛，真人比电视上还要好看些。”

“既然是同学，那我能问问你们队长的真实身高是多少吗？戴了个大蝴蝶结看着也没有你高啊！”

“同学同学，我挺喜欢苏妙娜的，你能帮我弄到她的签名吗？”

……

一连串的提问让许轻樱有些措手不及，她一手拿着论文和书，一手有些慌张地摆了摆：“抱歉，只有我在这儿，你们如果有这么多疑问，下次可以去参加我们的见面会，这些都可以当面问。”

听了许轻樱的回答，几个男生也没有失望，反而闹着要一起自拍。

许轻樱有些腼腆，但还是跟他们站在一起合了影，然后不着痕迹地擦了擦手心的汗，继续往上走。

呼，看来真的是粉丝啊！晚上一定要把这个好消息告诉彭芃——蝴蝶结少女，大家对你的真实身高都很感兴趣呢！

想到她可能气急败坏的样子，许轻樱忍不住笑出了声，之前的抑郁和担心也一扫而光。

她快步向教学楼走去，希望能早点搞定论文的事，赶快回公司。

教授面对学生总是很有耐心，尽管许轻樱的基本功不算特别好，但是教授在看到她密密麻麻的笔记和参考论文记录后，心里对她多了几分满意，几个来回就犀利地说出了论文里的问题，终于让迟钝的许轻樱开窍了。

好不容易顺完了整篇论文，许轻樱谢过教授走出教学楼时，一直沉寂的手机却突然响起，居然是个陌生号码打来的。

许轻樱有些疑惑地接通。

电话那头传来一个熟悉、轻佻的声音：“想我了吗？”

她顿觉无语。

为什么这家伙从第一次出现开始一直都是这种调调啊？我跟你根本不熟啊，大哥！

“你好，杜墨师兄。”许轻樱强行压下自己吐槽的欲望，努力用客套的态度跟他说话。

可是这在杜墨眼里又变成了另外的意义——就知道她肯定是念着自己的，居然还要强行压下心底的喜欢装作不在意，真是难为她了。

“好吧，轻樱师妹，我也不跟你绕圈子了，今天我休息，不如我们去约会吧？”

约会？

许轻樱有些怀疑自己听错了，忍不住拿开手机再次看了看那个陌生号码。

“师兄，你今天没事，为什么要找我啊？”许轻樱小心翼翼地问出口。

“今天天气不错，而且你们的节目也录完了……”你会有很长一段时间见不到我了，这是给你个机会。当然，后半句话杜墨没有说出口，他觉得要让女孩子有个维持矜持的借口。

要不是当初你帮了我，我现在一定立刻、马上就把电话挂了！许轻樱在心里说，却不得不深呼吸平复自己起伏的心情，让自己不要那么生气。

这是公司的摇钱树，不能得罪，不能得罪！

“是呀，节目录完了，Jackson不是又给你安排了很多行程吗？”

“师妹你这么关心我啊，连我的行程多也知道？没关系，陪你我还是有时间的。让我们度过没有Jackson、没有金北、没有徐晚乔、没有其他人的愉快的一天吧。”杜墨的声音里透着愉悦。

没有徐晚乔的一天吗？

徐晚乔此刻也不知道在哪里，也许正有很多女孩在对他献殷勤呢，所以她才会被他忘到了九霄云外。那么现在她是不是可以学习学习他，也去“放松”一下？何况现在还有个现成的机会送上门，不去白不去。

许轻樱的沉默被杜墨当成了默认，他勾唇笑了笑，心道：果然没有人能抵挡得住我的魅力。

“你现在在哪儿？我去接你。”

“我在学校，你过来不好吧？”

毕竟是全民男神，被看见了怎么办？

可是一向随心所欲的杜墨直接忽略了她的话：“庆南大学吧？你在学校侧门等着，我马上来接你。”

挂断电话，许轻樱突然觉得有些不安。小动物般的直觉告诉她似乎有什么事情被忽略了，可是她死活想不起来。

她抬头看了看明媚的天气，又想起杜墨说过的话，脑子里却浮现出徐晚乔的脸。

既然他不见她，那她做什么都跟他没关系，甚至是跟别人约会也跟他没关系！

打定主意后，她抬脚向校门口走去。

“轻樱师妹，你来啦。”

还没走到侧门，许轻樱隔老远就听见了杜墨的声音，她循声走过去，没有看见人，只看见了一辆非常拉风的劳斯莱斯幻影。

已经有不少同学围在车旁边，懂车的男生两眼放光地看着这辆豪车，而围观的女生则聚在一边，正拿着手机疯狂地拍照，还伴随着痴迷的尖叫。

这是……暴露了？要不还是别过去了？

许轻樱转身就想走，刚刚还靠在车上耍帅的人仿佛身上装了雷达，立马站了起来，对着许轻樱的方向挥了挥手：“轻樱师妹。”

随着他的视线，刚刚还围在他身边的人立马跟着转头看过来，一道道打量的目光让许轻樱觉得自己简直就是动物园被参观的猴子。可是在这么多人的围观下，她又没有办法转身逃走。

许轻樱叹了口气，低着头往杜墨那边走，心里一直默念：谁也不认识我，谁也不认识我！

但理想是美好的，现实却往往很残酷。

“这不是许轻樱吗？跟杜墨做节目那个！”

“哪个哪个？是Pinkgirls里面最迷糊的那个吗？”

“哪里好看了，不就是普通大学生的样子嘛。”

……

议论声传来，许轻樱才发现自己居然这么红了，还被人认了出来。

反正是躲不过了，她索性抬起头，却发现面前的人简直就差把“我是明星”四个大字刻在额头上了！

杜墨身着拼接哑光夹克、贴身剪裁的西裤、藏蓝色机车皮鞋，整个人显得分外狂放不羁，搭配“非洲朋克”系发型和黑色墨镜，简直就是大写的嚣张。

看见许轻樱过来，他慢慢取下了墨镜，一双桃花眼直直地看着她：“轻樱师妹，很少看你这样穿，好像变了一个人。”

喂喂喂，我们见面并不多好吗？干吗说得这么暧昧？

许轻樱的脸皮可不像杜墨那么厚，顶着周围群众八卦的眼神，她赶紧说：“我们先上车吧。”

果然是喜欢我，这是抓紧每分每秒要跟我单独相处呢。杜墨自认为了解许轻樱的心思，把食指放在眉毛上，朝着她轻轻一挥：“遵命，我的公主。”

这都是什么跟什么啊？

受不了的许轻樱赶紧打开车门坐了进去。

而车外的杜墨微笑着朝围观群众挥了挥手，做好了粉丝服务，才慢慢地坐进了车里。

许轻樱突然觉得这场约会可能会是个坑。

开车的杜墨很专注，许轻樱更加不想说话，一种诡异的沉默在车里蔓延开来。

不过杜墨不这么想，他嘴角微微上扬，透过后视镜看到许轻樱有些紧绷的脸，直接解读成了见到喜欢的人紧张得不知道说些什么好了。

当杜墨把车停在一个综合商场的车库时，许轻樱有些纳闷：“我们这是要干什么？”

“我没跟女生约过会，但是看网上的攻略，都说看电影是个不错的选择。”

看电影？在一个开放的、少说也有百来号人的放映厅里看电影？这不是等着出绯闻吗？

“那你……包了VIP厅吗？”

“为什么要去VIP厅？刚好我去年主演的电影上映了，去普通场还可以亲眼见证粉丝对本少爷的崇拜和赞美，哈哈哈……”

许轻樱越发肯定自己答应他的邀约是个错误的决定！

她苦口婆心地给杜墨列举了为什么要选 VIP厅的十大理由，总算让他心不甘情不愿地换成了VIP厅。

但许轻樱没想到的是，选VIP厅会是这个错误决定的开始。

先不说这部奇怪的电影讲了什么奇怪的故事让许轻樱差点睡着，好不容易等到电影结束，他们刚走出门，就被认出来了。更倒霉的是，因为这个影院的VIP厅是双座，所以被很多人默认为情侣厅，看见他们出来居然有人嚷嚷：“看看看，他们真的从情侣厅出来了！”

“他们真的是一对吧？”

“哇，居然光明正大地约会！”

许轻樱恨不得把当初做决定的那个自己掐死！

现在流的泪，就是之前脑子里进的水！

许轻樱拉着还在对围观人群招手的杜墨，匆匆找了家饭店要了个包间，暂时稳住他。

趁着去厕所的工夫，她发了短信给彭芃，简单说明了事情经过。等她回到包间，却发现杜墨正拿着手机一个人不知道在自言自语些什么。

“你在做什么？”许轻樱走到他对面坐下，发现他满脸兴奋。

“我在做直播啊！刚刚不断有粉丝给我发私信问我究竟是怎么回事，闲着无聊我就做直播了。来，给大家打个招呼。”

老天爷啊，你打个雷劈死我吧！

许轻樱一头撞在了餐桌上。

2.

传说一辆劳斯莱斯幻影不仅要用掉十六张兽皮，还要准备多种木制品的层板：西非的桃花心木，北美的伯尔胡桃木、枫木和黑鹅掌楸木，欧洲的橡树瘤部木纹和榆木，彰显着非同一般的奢华。

此刻许轻樱盯着座位旁边的桃花心木扶手，心思却飘回了之前饭店的包间里。

在杜墨不在乎地说让她直播跟粉丝互动后，她不得不暂时装死躲过了一劫。兴致来得快去得也快的杜墨觉得没什么意思，很快结束了直播。

而许轻樱也终于收到了彭芃的短信回复："不管用什么方法，一定要把杜墨带回公司！一定要一起，切记切记！"

虽然摸不着头脑，但饭后许轻樱还是撒谎说自己在公司准备了惊喜给杜墨。在杜墨"果然如此"的表情里，车子终于驶向了去公司的路。

许轻樱拿出手机一看，微博上各种两人在一起的照片扑面而来，甚至还有一些小视频。

看着网友胡乱的猜测和新闻实时转发，许轻樱有些头大，看来压是压不住了，就是不知道公司到底会怎么处理。

等快到秋元公司时，许轻樱发现身边的车辆正在慢慢增多，等他们好不容易赶到公司大楼前，发现车太多居然把路都堵住了！

这些车上大多有电视台或者网络媒体的标志，杜墨的车一出现，接受的就是闪光灯的洗礼。

亮白色的闪光灯不断在车外闪烁，许轻樱的眼睛一时受不了，有些疼痛。旁边的杜墨早已很有经验地戴好墨镜，拉下了遮光挡板。许轻樱不自觉地扭开了头，却无端让人觉得她像是在心虚。

等她从车上下来时，早已等着的记者们一窝蜂地围了上来，把她死死地堵在了副驾驶的车门边。

潮水一般的人一点一点地朝她挤过来，无数摄像机和照相机嘀嘀运转，嘈杂的声音里还有记者们高声的问话。

“许小姐，请问你跟杜墨是什么关系？”

“为什么你跟杜墨会在没有经纪人陪同的情况下单独出现，杜墨甚至搞了直播，这是要向粉丝宣布什么吗？”

“请问你们这是大方承认了恋情吗？还是一场预谋的炒作？”

……

这些问题像冰块一样直直地砸在许轻樱的脑袋上，让她感觉一阵阵疼痛。眼前杂乱的人群和乱糟糟的环境就像是一只张开大嘴的怪兽，一口就要把她吞掉。她不知道自己该怎么做，甚至连张口的力气也没有。

许轻樱从没有哪一刻如此清楚地认识到，自己真的是娱乐圈的人，是必须活在镜头下的人。

怎么办？怎么办？

许轻樱死死地抓住车门把手，她看见Jackson冲过来不由分说地拉着杜墨往公司里走，一部分记者也跟了过去。

可是大家都知道，Jackson是老手，不可能从他嘴里问出什么有价值的线索，反而是新人许轻樱身上说不定能获得更多东西。

许轻樱努力让自己站得笔直，眼睛却像没有聚焦一样慢慢失去了神采。

她看不到彭芃，看不到金北，看不到其他团员，也看不到徐晚乔。好像在这整片用闪光灯做成的星海里，只有她一个人孤独地站在中央。

好累……

许轻樱觉得自己的勇气正在一点一点流逝。

就在这时，眼前原本围成一圈的人像湖水一样慢慢荡开，让出的道路上缓缓走来一个身影。他穿着经典的卡其色九分裤，搭配格纹衬衫与浅灰色开襟毛衣，看上去就像是刚从常春藤学校走出的普通男生。可是此刻他的周身散发着慑人的气场，让那些记者都不敢乱动。

他没有多说话，快步走到许轻樱身边，一把将她挡在了身后。

终于反应过来的记者们看着突然出现的这个人，表情有些奇怪，直到有人认出他是Pinkgirls主持的那档节目的导演。

“大家好，我是M电视台的实习导演徐晚乔，也是Pinkgirlg自制节目的总导演。”徐晚乔缓缓表明身份。在大家都看不见的地方，他轻轻握住了许轻樱的手，像是要给她安慰。

许轻樱突然觉得眼睛有点酸，不论时间如何流逝，这个人一直在身边守护。

听了徐晚乔的话，记者们发出骚动，明明是个绯闻事件，怎么会牵扯出节目导演？难道……

徐晚乔的自我介绍刚结束，已经趁机挤过来的金北就开口了：“谢谢大家的关注！今天是我们秋元公司组织的集体看片会兼庆功会，感谢大家的到来。”

“这不会是你们公司欲盖弥彰吧？从上午开始杜墨就跟许轻樱在一起了，很多人都拍到照片了！”一家媒体的记者忍不住出声。

“场地和内容是公司早就布置好的，大家进去看看就知道了。我们秋元公司欢迎媒体朋友跟我们一起去看看。至于杜墨和轻樱，两人本来就是师兄妹，也是这档节目的主持人和嘉宾，他们今天的相处都是为了给节目拍摄相关番外素材，要不电视台的徐导演也不会专门出面，对不对？”

金北说到这里，忍不住大笑出声：“哈哈哈，欢迎媒体朋友们的关注。只是大家应该都知道，如果轻樱真的跟杜墨在一起，身为娱乐圈明星的他们是肯定不会这样正大光明地出现在公共场合的，更别说做直播了，这些都是为了给我们最后一期节目预热！”

听了金北的解释，记者们虽然有些失望，但是不得不相信，毕竟秋元公司不可能冒这么大风险让艺人的绯闻影响事业。不过既然已经到了秋元公司，不如去庆功会采集一下别的新闻，最近王安琪的“封面效应”就很好，可以试着接触。

在金北的指引下，记者们三三两两地往公司里走去，刚刚还汹涌的人群渐渐散掉了，最后只剩下许轻樱和徐晚乔。

等人群一散开，徐晚乔就马上松开了许轻樱的手，有些气恼地往停车场走。许轻樱不知道该怎么办，只能跌跌撞撞地跟在他身后，不敢说话。

寂静的停车场里，徐晚乔走到停车的位置按下了解锁键。看他真的打算离开，许轻樱有些慌，快走两步来到他面前：“不要走。”

“不走干什么？剩下的事情金北会处理，该做的我都做完了。”徐晚乔的态度冷冷的，这让许轻樱有些不知所措。

从小就是这样，徐晚乔一生气，许轻樱就不知道该如何是好。她想解释，可是事情明明白白已经发生，她想告诉他自己不是故意的，可是话还没有说出口就连自己都觉得苍白无力。

仿佛连轻微的呼吸声都能有回声的地方，陷入了令人窒息的沉默。

等了半天也没有等到许轻樱解释的话，原本就火大的徐晚乔眼睛里的火光简直能烧死人。他想起微博上一整天流传的照片，他们去了学校、去看了电影、去吃了饭，甚至还做了直播。

不可避免地，在偷拍的镜头里还有一些看似亲密的动作，而杜墨看她的眼神让他尤其不舒服。轻樱迟钝，也许只以为这是一场玩闹，却没发现杜墨眼神里透出的对她的兴趣。

徐晚乔有些暴躁地揉了揉自己的头发，最近他一直在加班，跟她接触的时间少了，没想到这家伙居然都会招蜂引蝶了！

“许轻樱！你就没有什么话对我说吗？”忍了又忍，徐晚乔还是没忍住，一把将许轻樱按到了车身上。

停车场灯光昏暗，角落里更是如此，许轻樱看不清徐晚乔的脸，却明显能感觉到他身上散发出来的怒意。

“我……我不是故意的。”许轻樱小声说道，可是连自己都觉得说出的话没有说服力。

“所以呢？不是故意的就可以抹去这一切吗？你知不知道就因为你的这种行为，给公司、给团体造成了多大的损害？你就这么想跟杜墨在一起吗？就这么想出名？”

“你！”许轻樱只觉得又急又气，嘴巴颤抖着却说不出话来。为什么事情会变成这个样子？她不明白。

“许轻樱，你变了。是不是觉得在娱乐圈只有名气大了才好，所以才会一而再再而三地跟杜墨扯上关系？你要知道这种方法对男明星没什么影响，对女明星伤害却很大，你难道不清楚粉丝的力量吗？”徐晚乔的语气里带着恨铁不成钢的意味，“你还是我认识的许轻樱吗？”

这样几句话，听在许轻樱耳朵里却仿佛有千斤重。徐晚乔语气里的不解，像是一把利刃狠狠插入她的心脏。

原本只是一场赌气的行为，现在却变成了这样。楼上还有需要应付的记者，还有队友和经纪人，还有杜墨和Jackson，明明有一大堆要解决的事情，许轻樱却觉得这些都敌不过眼前徐晚乔的几句话。

他对她失望了吧？是不是在他眼里，她就是个只会惹麻烦的人？

也许不只是他，其实很多人都是这么想的吧？

许轻樱忍不住用手捂住了自己的脸：“徐晚乔，你愿意怎么想就怎么想吧，我无话可说。”说完，她转身离开了停车场。

从徐晚乔的角度望过去，许轻樱的肩膀有些松垮，连脚步也不像原来那样轻快，仿佛瘦弱的肩膀已经不堪重负，随时都有可能坍塌下去。

刚刚自己的话……

徐晚乔有些不安，没有人比他更清楚正常的许轻樱会是什么反应，她会闹、会吵、会大声反驳，气急之下还会打人，可是这样冷静的她，有些诡异。

自己到底怎么了？为什么会说出那些话？理智回笼的那一刻，徐晚乔其实就后悔了。

自己捧在手心的女孩，怎么可能会不心疼？可是那些伤人的话已经说出口。他看不清她的表情，想要求和的话就这样生生卡在了喉咙里。

要追上去吗？

徐晚乔暴躁地踢了一下车门，转身朝许轻樱离开的方向跑去。

但愿来得及。

3.

秋元公司的玻璃会议室里，漫天星光从玻璃屋顶洒落下来，仿佛立体的油画涂满了整个顶部，如同哈利波特的奇异城堡。

原本摆放的红木桌椅早已被挪出去，地上铺上了榻榻米，随意摆放着不同颜色的懒人沙发和马卡龙色靠枕，角落里堆满了各种颜色的气球，墙壁上也用气球扎成了“庆功会”的字样。

记者们一踏进这间会议室就不得不承认，这样的布置明显不是糊弄，而是用心准备的庆功会。墙壁上挂着大大的LED屏，上面正在播放电视台的节目。屏幕前摆放着一张小型的白色功能桌，桌上用玻璃杯搭成了香槟塔，旁边还放着一瓶香槟酒。

“各位请随意，既然来了就请跟我们一起收看最后一期节目，如果能有一些建议就更好了。”金北一边熟练地招呼着记者往里面走，一边高声说，“大家稍等，杜墨和轻樱因为来得比较晚还要准备一下。”

说完，金北跟快步过来的Jackson对了对眼色。

穿着印有紫色和白色大花的夏威夷衫的Jackson走进了房间，说：“欢迎各位来秋元公司。我们杜墨虽然行程很满，但对这个节目也是相当重视，节目录完了，也还是在导演的要求下跟Pinkgirls录制番外花絮。媒体朋友们记得给我家杜墨一个大大的头条哟！”

金北的面子不给，杜墨经纪人的面子却不得不给，记者们都笑着点点头。Jackson心里长舒了一口气，然后陪着里面的人说话，庆功会俨然变成了一场交际会。

而真正的主角——Pinkgirls的成员们，此刻却穿着各自的私服，被彭芃临时叫到练习室开会，连原本还在杂志社讨论封面的王安琪也被迅速叫了回来。

女孩们一言不发，气氛跟会议室的和乐融融不一样，非常严肃。

“咔嗒——”练习室的门被轻轻推开，沮丧的许轻樱慢慢走了进来，眼眶还有些泛红。等她抬起头时，却发现大家都扭过头看着她，那些眼神……充满了责备甚至是不信任。

这把她还没来得及平复的心刺得千疮百孔。

她忍不住去看彭芃，却发现一向眼睛带笑的彭芃此刻看着她，眼睛里只剩下平静，平静得让人发慌。

“怎么了这是？”许轻樱努力扯出一个微笑，快步走向王安琪，却发现原本围在王安琪周围的成员突然都往旁边退了退，自动拉开了距离。

这到底是怎么了？

许轻樱有些不解地看着王安琪，爱笑爱闹的王安琪没有说话，也没有安慰她，只是沉默地朝她摇了摇头。

“许轻樱。”彭芃的声音从前面传来，带着从没有过的威严和压迫。

许轻樱对上她的眼睛，一时慌张得连手应该往哪里放都不知道。

“你说说你今天做了什么事情吧，跟所有成员说说。”

许轻樱意识到问题的严重性，一五一十地把今天杜墨突然要跟她约会，她脑子一热答应下来的事情说了出来。下意识地，她隐瞒了自己当时答应是因为想跟徐晚乔赌气，只想着不要再让徐晚乔也掺和进来。

她细小的声音在练习室里回荡，没有人插话也没有人吭声，只是看着她的目光从一开始的疑惑、羡慕变成了探究。等她终于说完时，整个练习室一片安静，似乎连呼吸的声音都能清楚地听见。

“所以，对于这件事，你还有什么要说吗？”

“我错了，我不该随意答应杜墨，惹出这么大的麻烦。”轻樱的声音有些喑哑。

彭芃叹了口气。

“苏妙娜。”彭芃问一直站在角落没有说话的人，“如果是你，你会怎么做？”

“跟杜墨保持距离，实在不行就打电话给金北。”

打电话给金北？

许轻樱想起似乎在很早以前，徐晚乔就告诉过自己，遇到什么搞不定的事情，就打电话给金北，可是自己似乎已经把这句话扔到了不知道哪个角落。

“王安琪，如果是你，你会怎么做？”

王安琪被点名，愣了一秒，说：“我会说有工作，推辞掉。”

“那么，楚楚，你会怎么做？”彭芃又问另一个成员。

“我会找个理由挂掉电话。”

……

彭芃一个一个问下去，成员们的回答无一不是想办法拒绝。

这些答案就像巴掌一般狠狠甩在许轻樱的脸上。是啊，明明有那么多拒绝的办法，她却偏偏选了最不该选的一种。

“轻樱你听明白了吗？连普通成员都知道该避嫌，可是你呢？”

许轻樱摇了摇头，又点了点头，眼泪已经忍不住落了下来。

彭芃明明没有说什么严重的话，许轻樱却觉得很尴尬。大家都一样是团员，可是她好像很不懂事。

“轻樱，你知道之前为什么我会在电视台教育莫莫吗？因为莫莫不仅代表她一个人，也代表我们团。别人看见她对导演献殷勤，只会觉得是我们团不对，而不会说是个人不对。连她都这样，更何况是你？你是我们团的门面，你这样肆无忌惮地跟杜墨接触，别人会怎么看我们团？

“这次因为有徐晚乔帮忙，事情得以顺利解决。那么下次呢？下下次呢？会一直这样吗？

“许轻樱，如果你一直都不能明白你作为门面必须承担什么，那么你永远都不够格带领整个团队。

“许轻樱，我对你，很失望。”

一句句话让许轻樱的头越埋越低。她突然觉得似乎从头到尾考虑问题，自己都是从自己的角度出发，从未想过这件事会对团队带来什么影响。

她只是个十八岁的女生，在徐晚乔的宠溺下安然成长，从未遇到过什么挫折。然而现在，她意识到，自己似乎是太天真了。她以为自己已经尽了全力，却拖了整个团队的后腿。

泪水像珍珠一般不断从她的脸颊边滚落，她抬起手擦了擦，却发现怎么也擦不干净。

不够格，不够格……

这三个字像咒语一样不断萦绕在她的耳边，让她连伤心都毫无底气，因为她知道，这句话是对的。

练习室再次陷入让人尴尬的沉默。

直到练习室的大门再次被人打开。

逆光中，金北带着徐晚乔进入了练习室。

看见来人，许轻樱慌张地扭头想避开，却让徐晚乔更加看清了她的伤心和眼泪。

可是现在他没法为她擦去泪水，因为金北会带来更让人伤心的消息。

金北看了看前面的彭芃和队伍中的许轻樱，轻咳了一声，说："大家整理一下，等会儿去会议室跟媒体朋友一起参加我们的庆功会，争取给大家留下更好的印象。"

说完，他闭了闭眼睛，补充道："还有，经过公司高层的讨论，我们决定暂时停止许轻樱的一切演艺活动，她的位置……将由苏妙娜代替。"

一瞬间苏妙娜整张脸都生动起来，脸上带着满满的难以置信，随后便只剩下喜悦。

王安琪拍了拍许轻樱的手表示安慰，许轻樱抬起头，勉强给了她一个微笑。

"今晚是轻樱的最后一次活动，希望你能留给媒体一个高兴的印象。"金北说完，也觉得自己有些残忍。已经剥夺了一个女生的演艺梦，却在最后一刻还要利用她。

许轻樱努力整理好自己的情绪，对着他笑了笑："好的，我今晚会好好表现的。”

这个笑容明明跟以前一样灿烂，徐晚乔却从里面读出了苦涩和伤心。

徐晚乔有些不忍心，刚刚的愧疚加上此刻的心疼让他暂时忽略了在停车场的不快，等金北带着成员离开后，他大步走了过去，一把将许轻樱搂在了怀里。

“难过吗？”

“怎么可能不难过？我可是拿名声炒作的人。”

“轻樱，我刚刚不是那个意思……只是……”徐晚乔有些心疼，抱着她的胳膊紧了紧。

“徐晚乔，我好像真的不够格当一个团队的门面。明明是所有人都知道要如何处理的事情，偏偏只有我使性子一定要逆着来，结果不仅给自己惹麻烦，还给别人惹麻烦。”

“轻樱，你……”

“我没有关系，做错了事本来就要接受惩罚，这次也能给我点时间让我好好想想自己是不是真的能适应演艺圈。徐晚乔，以前照顾我，很辛苦吧？”

“瞎说什么呢！”许轻樱的反常让徐晚乔更加慌张，他宁愿她一直是那个会哭会闹会耍小性子的小女生，也不希望她这样突然地成长。

许轻樱轻轻推开了他，说：“让我最后一次以Pinkgirls成员的身份参加活动吧，我要先去补个妆，你不用等我了。”说完，许轻樱朝他调皮地笑了笑，转身向卫生间走去。

徐晚乔不放心地远远跟在她身后，直到她关上了门。

徐晚乔没看到，就在关门的那一刻，许轻樱仿佛已经撑不住自己的重量，顺着门滑坐在地，眼泪也再次流了出来。

年少的梦想，曾经的努力，还有徐晚乔为她做的种种，都变成了乌有。

她的脑子里闪过很多画面，想起第一次穿着舞台装在台上表演时的兴奋和紧张，想起录节目时的莽撞和私下的练习，想起拍摄MV时熬夜的焦躁……

这一切的一切，都随着梦想的破灭远去了。

许轻樱忍不住捂住嘴巴，无声地哭了起来。她不能发出声音，因为她知道，徐晚乔就在外面，她不能再让他担心。

门外的徐晚乔看着紧闭的大门，心里的难过就像被堵住一样无法发泄。

他闭着眼睛都能想象到她此刻有多难过，可是他什么都做不了，只能站在门外感受着她的难过。

梦想璀璨的时候，仿佛能照亮所有的道路，可是一旦暗淡下来，就变成了心底最深的伤疤。

第七章

被 迫 转 移 的 梦 想 树

1.

太阳从云层里悄悄探出了头，温暖的阳光洒满了校园。清新的空气调皮地涌入鼻子里，瞬间就让人原本昏沉的头脑清醒。路上同学们三三两两结伴朝教学楼方向走去，扬起的笑容简直让阳光也要失色。

真是好天气呀！

许轻樱拿着《古代汉语》，匆匆从一片开满了粉色木芙蓉的树丛边走过。

早上因为堵车，时间有点晚了，她必须赶在上课铃响前走进教学楼，要不然最近每天按时出勤获得的印象分又要噌噌地往下掉了。

不用赶日程，不用排练，甚至连面都不用露——那天的庆功会后，许轻樱就被公司暂时雪藏，拍MV、拍广告、录节目的这些记忆，也像梦一样离她越来越远。

现在的她只是一个每天为作业和上课担心的普通学生，没有经纪人、没有漂亮的舞台装，也没有陪伴的队友，她只需要在校园里做一个好学生就行。

不得不说，许轻樱还是很享受现在的生活的。

她悄悄溜进教室坐在后排角落的位子上，丁零零的铃声正好响起。

她把手上的课本放好，翻开笔记本。

教授的声音有些沧桑，他耐心地跟学生们讲述着文字的发展历程。从甲骨文一路到行书，作为书法爱好者的老教授都一一板书。

同学们发出惊叹声，许轻樱竟然觉得他比聚光灯下那些明星还要亮眼。

下课铃声响起时，她还有些回不过神来。

太阳早已高高升起，教室外的学生们关系好的都聚在一起，一边说话一边往食堂方向走。

许轻樱突然想起之前有一次排练，身为队长的彭芃被王安琪抓到一时昏头做错了动作，恼羞成怒的彭芃居然叉着腰说要把王安琪“人道毁灭”，王安琪大笑着拉过自己当盾牌，结果三个人一不小心在地板上滚成一团……

她的心突然跳了一下，脑海中冒出一个念头，于是她从包里翻出口罩和帽子，整理好后出了教学楼朝食堂走去。

庆南大学的食堂装修成了太空舱的样子，走进去每个窗口都像是独立的太空实验室一般。

有着蔚蓝色星空图案的天花板下，所有座位都用银白色的镂空金属隔成了小卡座，既保证了私密性又不影响整体的造型。

许轻樱随便要了一份卤肉饭，找了一个隐蔽的座位坐了下来。

“Pinkgirls最新参加的综艺节目你们看了吗？王安琪的口红好漂亮，好想知道是哪个色号！”

“拉倒吧，王安琪不是还在混时尚圈吗？她用的应该是新品，还没有上市都说不定。不过我倒是很喜欢彭芃的蝴蝶结啊，基本不重样，还显得很可爱。”

“哈哈哈，其实你也是想用蝴蝶结增高吧。”

许轻樱一边吃饭，一边听着女生们的议论。没想到Pinkgirls在女生中居然也很有人气，要是彭芃听说大家都知道她蝴蝶结的作用，肯定气得脸都要歪了。一想到这个可能性，许轻樱忍不住笑了起来，掏出手机就想把这个消息告诉她。可是屏幕刚亮起，许轻樱就意识到自己被雪藏了，此刻的她们，应该还在赶行程吧，自己又怎么能去打扰？

嘴边的笑容一僵，许轻樱不得不收起手机继续吃饭，只是这饭吃到嘴巴里却没什么滋味。

仿佛是为了回应她，前面正在播放节目的LED大屏幕里突然传来了元气满满的声音——

“大家好，我是Pinkgirls的苏妙娜。虽然夏天已经过去，但是我们仍然会用《Party》这首歌，来唤起所有人关于夏天的美好回忆！”

电视上，穿着白色蕾丝上衣和浅蓝色破洞牛仔裤的苏妙娜扬着笑脸，眼睛一眨不眨地盯着镜头，仿佛透过镜头看进了每个人的心里。

在她的带领下，Pinkgirls的成员们也慢慢地站在了聚光灯下，排成了“V”字队形。苏妙娜站在最前面，稍后是王安琪和彭芃，大家的脸上都带着郑重的神情。

彭芃用信任的目光看了看前面的苏妙娜，然后微微点了点头。

背景音乐响起，苏妙娜脸上的笑容不断扩大，像小太阳一样晃花了所有人的眼睛，感染着所有人的情绪。

许轻樱四处看了看，很多人都停下了吃饭，盯着屏幕上正在表演的Pinkgirls，时不时跟周围的人讨论。

本来自己应该是跟她们站在一起的啊！许轻樱眼神一暗，再也吃不下饭，站起身就要离开，却发现旁边不知道什么时候站了一个人，那人一直静静地看着她。

他穿着蓝底白条纹西装，搭配同品牌彩虹色立领白衬衫，显得很稳重，脚上那双棕色乐福鞋，还是许轻樱之前逛街时特意给他买的。

徐晚乔脱下西装外套搭在左手上，右手轻轻插入口袋。见许轻樱有些惊讶地看着他，他弯下身子把脸凑到她旁边，笑了笑，小梨涡又出现了："轻樱同学，好久不见。"

"好久不见。"许轻樱有些发蒙，自从庆功会后便再没见过的人，看着居然跟之前没有什么变化，除了……脸色似乎更好一些？

没有她这个大麻烦，他果然过得更舒心吧？

许轻樱有些沮丧。

徐晚乔看清了她眼底暗淡的光，忍不住伸手摸了摸她的头顶："怎么了？我刚从电视台赶回来，饿死了。"说完，他径自坐下，拿过许轻樱没吃完的卤肉饭吃了起来。

"喂……那是我的饭……"

"你不会连份饭都舍不得让我吃吧？"徐晚乔的腮帮子鼓鼓的，看着许轻樱的目光带着轻微的控诉，仿佛不给他饭吃就是赤裸裸的虐待。

许轻樱没办法，也跟着坐了下来，顺手拧开了旁边的一瓶水："你慢用。"

徐晚乔笑了笑，继续低头跟面前的饭作斗争。

许轻樱没有再说话，把心思放在了还在继续的Pinkgirls的节目上。

苏妙娜、彭芃和王安琪坐在第一排，笑着跟主持人说着什么，苏妙娜闪亮的眼睛仿佛在发光。

许轻樱干脆双手托腮看着屏幕。她不知道之前自己是不是也是这样，因为害羞，她不愿意回看自己在镜头前的表现。现在她却有些懊恼，如果之前看过，一定能清楚地了解自己跟她们的不同吧。

“别想了，你这个时候一般都在犯迷糊。”终于吃完最后一口饭，徐晚乔满意地抬起头，看了看面前神色飘忽的许轻樱，说道。

“犯迷糊？是不是看上去有些……蠢啊？”

“我倒是觉得挺可爱的，怎么形容呢，就像想打瞌睡的小奶猫，迷蒙的眼神和没有变化的表情都暗示着你的心思全都飘走了。”

是这样吗？

许轻樱有些不可思议，但她也知道徐晚乔从镜头前看见的都是真实的，他不可能骗自己。

“原来是这样啊，从来没有像苏妙娜这样元气满满过吧？”

这种态度会不会影响周围的人呢？之前的节目都是她跟苏妙娜和彭芃一起坐在前排，自己犯迷糊的时候，有没有影响过她们的情绪呢？会不会觉得自己特别消极？

哪怕仔细回想，许轻樱也想不起当时彭芃和苏妙娜的表情是什么样子，却偏偏记得彭芃和苏妙娜上下开合的嘴唇，毕竟不论是什么节目，自己的反应能力和表达能力都赶不上她们。

“每个人都有自己的特点，就像我之前说的如果角色重合就不好了，所以需要给观众记忆点，你的迷糊就是你的个人特色。而且通过之前节目的反响来看，大家对迷糊状态的你还是很有好感的。”

“可是这又有什么用呢？”许轻樱忍不住趴在桌上，下巴一下一下磕着桌面。

“自然是有用的，你虽然暂时被雪藏了，但是观众对你的热情还没有消散，节目官方微博上的留言也有很多人在问你的去向，秋元公司已经发了通稿宣布你生病需要暂时休息。”

“哦。”许轻樱更加提不起精神，脸色也不是很好看。

“你下午有课吗？”徐晚乔握了握许轻樱的手，感觉她的手有些凉，干脆伸出两只手把她小巧白皙的手包裹住。

“没有，不过我打算去图书馆。”许轻樱想把手抽出来却被他紧紧握住。

“不要去了。下午我带你去个地方。”

“去哪儿啊？我现在不能随便出现。”

“放心吧，你不用管了，反正我又不会害你。”徐晚乔信誓旦旦地说。

许轻樱相信了他的话，点了点头。

她抬头看了看还在播出的节目，努力压下心里的失落，勉强笑了笑，自己果然是个胆小鬼。

2.

一千多平方米的超大摄影棚里，此刻除了正在忙碌的工作人员，观众席上空荡荡的。

徐晚乔带着许轻樱从侧门走了进来，站在最顶层一号出口的角落里，半个身子都藏在了黑暗中。

台下的工作人员还在不断调试着机器，楼上的灯光师在检查绚烂的灯光，场务在整理台上的道具，而主持人正站在台下跟导演对着最后的流程。

明明是许轻樱曾经熟悉的一幕，此刻却让她眼睛一酸，险些流出眼泪。那些被她埋在心底，因为自责和压抑不得不放弃的东西，又开始蠢蠢欲动，想要破土而出。

“熟悉吗？这是节目的基本流程准备。”徐晚乔站在她身边，哪怕在黑暗中也能看到他看着台下时亮闪闪的眼睛。

“你带我来这里做什么？”许轻樱有些不解。

“我怕你缩回壳里，又忘了自己。”徐晚乔带着调侃的声音传来，让她有些不明白。

“轻樱，这里是你梦想开始的地方，我怕你离开太久，会忘记站在台上的感觉。”

梦开始的地方？

许轻樱恍惚间想起来，好像第一次来电视台表演就是在这个地方。可是，那又怎么样呢？

“所以呢？现在说这个又有什么意义？”

“轻樱。”徐晚乔轻轻握住了她的手，“等会儿你就知道了。”

等会儿是什么时候呢？

又会有什么不一样？

当大门敞开以后，不少粉丝陆陆续续进场。

许轻樱跟着徐晚乔躲在灯光调控室里，看着这些支持Pinkgirls的粉丝。他们大部分都穿着金色的T恤，手上举着自制的横幅或者灯牌，有的人头上还扎着写着成员名字的头巾，脸上都带着灿烂的笑容。

这是许轻樱第一次如此近距离地接触自己的粉丝，她也是这时候才发现

Pinkgirls的粉丝年龄跨度很大，有十四五岁佩戴着校徽的中学生，也有戴着眼镜已经有啤酒肚的中年大叔，还有模仿她们发型、穿着的同龄女生。

许轻樱觉得很神奇，偶像居然是如此奇妙的事情，有这么多不同身份的人因为她们而聚集在一起，甚至相识成为朋友。

“他们都是我们组合的粉丝吗？”许轻樱有些难以置信地看着场地被坐满，而粉丝们已经亲热地说起话来，有的还把手上的灯牌打开了。

“对的，你们的努力他们其实都看在眼里，所以粉丝才会越来越多。”徐晚乔一边说一边带着她走了出去，“等会儿全场灯光都会调暗，我带你去台下。”

沿着座位边窄窄的过道，许轻樱跟着徐晚乔一步步往下走。虽然灯光已经暗下来，但她还是戴上了帽子，以免被人认出来。等她到了台下再往观众席上看时，顿时震惊了。

粉丝们把漂亮的金色气球举过头顶，跟他们身穿的金色T恤一起形成一片金色的海洋。在这片海洋里，漂浮着许多漂亮闪耀的灯牌，有的写着“苏妙娜公主”，有的写着“我是彭芃的蝴蝶结”，甚至她还看见了属于自己的灯牌——“许小迷糊”。

是自己吧？许轻樱有些激动，扯了扯旁边徐晚乔的衣袖，向他指了指那个在她眼里格外闪亮的灯牌。

徐晚乔看见了居然笑了笑，凑到她耳边小声说：“这灯牌挺有意思的，一下就抓住了你的特质。”

“喂，你说什么呢！”许轻樱打了他一下，脸上却忍不住露出了笑容。能抓住她的特质，是不是证明他们其实一直在关注着她，关注着这个团？

也许真的是她太自私了，一直以为梦想是自己的事情，却没发现，走到现在，这早已不是一个人的奋斗。她当门面的时候，身上不仅有自己的希望，同时也有整个团的希望，也许在她看不见的角落，她还是某个甚至某群粉丝的希望。

正想着，台下突然传来巨大的欢呼声，声势浩大的应援声接着响起。

许轻樱侧头看过去，发现在舞台的角落，彭芃正像原来一样组织着成员们。虽然听不清她在说什么，但她们聚在一起的身影是那么熟悉，只是原本属于许轻樱的位置已经被苏妙娜取代。

“加油！”

随着她们把手一起抛向天空，突然变大的声音让现场陷入一片沸腾，台下的人奋力摇动着手上的金色气球，制造出漂亮的金色波浪。

苏妙娜第一个走上舞台。她今天穿着第一次表演时的白色上衣和浅色牛仔裤，浓浓的青春气息扑面而来。苏妙娜迅速站在整个队伍的最前头，仿佛再往前走一点就会撞到摄像机。一束白色的追光打过来单独照在她身上，让她单薄的身影显得有些孤独。

许轻樱忍不住握紧了徐晚乔的手，没有人比她更清楚开场前一刻这个位置的感受。因为是V字队形，她站在整个队伍的最前方，平行处没有可以相信的队友，歌词、舞蹈、表情，甚至是眼神都必须一个人撑起来，当追光打下来时，整个队伍的最前方也是最孤独的存在。

绝对不能错，错了哪怕一个动作也会马上被镜头捕捉到，甚至是一丝精力不集中也会马上被抓住。

所以许轻樱曾经一度很讨厌那个位置，如今站在台下看，却是从未感受过的光芒万丈。

“轻樱，从某方面来说你是幸运的，因为你一出道就站在了那个焦点的位置上，让所有人仰望，带着团队奔跑。但也是可惜的，因为走得太快，你的心态并没有跟上，所以才会……”

徐晚乔的话没有说完，许轻樱却已经明白一切。

是啊，哪怕是门面的位置，她也是一步步被经纪公司和彭芃推上去的，所以她一直觉得这只是别人丢给自己的责任，所以尽管很努力，却永远比不上那些真正想奋斗的人。

前奏响起，在镜头拉近的刹那，苏妙娜扬起了笑脸，满满的元气让她的眼睛似乎都在发光，温暖的笑容像是一只手抚慰着人们的心灵。

而她身后的成员们，也都带着漂亮的微笑，整齐的动作和活泼的舞蹈让观众看得非常高兴。歌词空隙，观众居然喊出了官方应援口号，大声给每位成员加油。

许轻樱觉得自己的眼泪都要掉下来了，她不得不悄悄跟徐晚乔说了一声，然后低着头走进了厕所。

当她取下帽子，终于发现镜子里的自己有多糟糕。没有保养的皮肤很憔悴，显得有些暗黄，偏偏两只眼睛因为哭泣已经肿成了桃子，只剩下细细的眼缝。一头乱发更是几天都没有洗过了，显得有些油腻。

这样一个人，说她曾经是舞台上金光闪闪的Pinkgirls门面许轻樱，应该没有人会相信吧？

她忍不住用冷水洗了把脸，想让自己先冷静下来。

她从未想过有一天自己会以观众的身份在台下看Pinkgirls的表演。她回想起台下观众们高兴的表情，想起上台前成员们郑重的样子，再想到苏妙娜站在那个位置元气满满的模样，心忍不住抽搐了一下。

说不在乎，那一定是骗人的。

她此前错过的终于一一在她面前呈现，她却有些承受不住。她突然不想再回摄影棚，只想快点离开这里。于是她匆匆戴好帽子，连电梯都没有坐，打算直接从没人的安全通道离开。

午后的阳光惬意而舒适，透过拐角的玻璃照进了有些昏暗的楼梯间，连空气中扬起的灰尘也能看得清清楚楚。

许轻樱压低帽子轻轻地关上安全通道的门，顺着楼梯一步一步往下走，却在拐角的地方看到了一个意外的背影。

她还穿着没来得及换掉的舞台装，高高的个子蜷成一团，紧紧靠着旁边的灰色扶手，仿佛想从那里吸取力量，一点也没有刚刚在台上时元气满满的样子。

许轻樱有些尴尬，她想了想决定暂时按原路返回不要惊动苏妙娜，转过身时，她却听到了一声啜泣。

尽管声音非常小，在这安静的空间里却很刺耳。

许轻樱忍不住停下脚步，回头望了过去。

似乎从认识苏妙娜开始，就没有见过她哭泣的样子，台下的她是愿意安静地待在角落的冷面人，一到台上却变成了活力少女，仿佛台下所有的冷淡和克制都是在为上台存储力气。

许轻樱觉得也许是自己听错了。可是，啜泣的声音再次传来，让她想装作没听见都不行。

所以……她是应该装作没听见转身离开，还是坐下来当一回知心姐姐？

不管怎样，都很尴尬。

“苏妙娜。”许轻樱再三权衡后，还是尴尬地开口了。

苏妙娜的身子一僵，带着不可思议的表情回头看着这个突然出现的人。许轻樱戴着帽子站在楼梯间，射进来的阳光很耀眼，让人看不清她的脸。

苏妙娜下意识地抬手擦了擦自己的脸，因为哭泣，她原本的妆容有些脱落，眼线花了，眼睛变成了熊猫眼，粉底也被眼泪冲出了两道印痕，口红更是不知道什么时候已经被蹭掉了，整个人显得狼狈而好笑。

许轻樱忍不住掏出身上的湿巾递到她面前，等她接过后，不客气地一屁股坐在她身边。

苏妙娜不太习惯这样的亲密接触，忍不住往旁边挪了挪：“你干什么？”她的声音里还带着一丝沙哑。

“不干什么，就是突然想跟你说说话。”许轻樱有些羡慕地看着她身上的舞台装，不知道自己的那一套现在在哪里？是在后台还是干脆锁在了公司的仓库里？

苏妙娜擦过脸，情绪终于冷静了一些，却仍然把脸埋在湿巾里：“许轻樱，我现在是团队门面了。”

“我知道，你做得很好。”

“不好！”像是听到了什么可笑的话，苏妙娜突然抬起头，狠狠地瞪着她，“不好，一点都不好，今天的直播表演，我整整错了三次！”

“没关系没关系，你一向反应快，别人不会发现的。”

“可是我知道，彭芃和王安琪知道，成员们都知道……因为我就站在最前方，她们都看着我的背影。”终于发泄出了憋在胸口的那口气，苏妙娜挺起的腰再次软了下去，“从我进组合开始，就一直看着你的背影，看着你一个人在前面带着整个团队跳舞，那时候我就想我一定会走到这个位置。”

说着，她轻轻笑了笑：“只是没想到现在终于走到这个位置了才发现，身边一个人都没有。不但如此，舞台上所有的焦点都放在一个人身上也很可怕。所有人都以为你金光闪闪，却不知道前面是粉丝们的目光和摄像机挑剔的镜头，后面是成员们的仰望，让你不得不武装自己不倒下，这样好累。”

听着苏妙娜的话，许轻樱仿佛再次置身于舞台上。除了打在她身上的一束光，周围一片灰暗，她的左右都没有人，她的眼前也没有摄像机亮起时的红色标志，而身后更是像怪物的大口一样黑乎乎的。偌大的舞台，只有她一个人在苦苦支撑。

“既然享受了门面的待遇，当然就要扛起门面的义务。”许轻樱轻轻说着彭芃曾经多次告诉过她的话。

苏妙娜听了，不置可否：“是彭芃说的吧？说真的，我之前一直觉得很奇怪为什么会选你当门面，你不是最漂亮的，跳舞、唱歌都不是最好的，甚至连舞台经验都没有我多，可是为什么偏偏公司选择了你。许轻樱，不得不承认你的心理素质和抗压能力要比我强得多，因为在之前的表演中，你从没有失误过，这些我们都看得见。”

“可是现在再说这些又有什么用呢？”轻樱觉得有些讽刺。

“是啊，说这些已经没有用了，毕竟现在的门面是我。”苏妙娜像是想通了，突然站了起来，“既然身为门面，我就不能躲在这里什么都不做。即使你回来，我也不会轻易地交出这个位置。”

说完，她转身往上走去。

许轻樱没有说话，也没有起身，仍然愣愣地坐在那里。

苏妙娜拉开安全通道的大门时，忍不住低头看了看还坐在原地的人，仿佛黑暗正在一点一点把她吞没。苏妙娜终究有些不忍心，轻轻地说："许轻樱，你应该感谢有徐晚乔在你身边才让你不至于一直待在黑暗里，他做了那么多，你总会知道。"

说完，她关上门离开了。

"啪"，门轻轻合紧的声音像是解开许轻樱心底封印的符咒，终于让她慢慢想起了很多事情。

她跟徐晚乔一直在回避当初电视台发生的事情，彼此都认为是对方变了，可是为什么徐晚乔又会重新来找她，还表现得跟原来没有什么不同呢？徐晚乔是不是藏了什么不能告诉她的秘密？

许轻樱思索起来，刚刚被苏妙娜勾起的失落情绪一扫而光。

此刻她只想扑进徐晚乔怀里，听他说说话，安慰也好，教训也罢，只要他在身边，这次她一定听话。

3.

昏暗的通道里，只剩下许轻樱一个人。有风轻轻吹过，让原本关上的通道门嘎吱嘎吱响了起来。回过神的许轻樱站起身来，推开门准备离开。

她转身又看了看安全通道，突然觉得那片暗沉也不是那么可怕。

可能谁也想不到，冉冉升起的新星Pinkgirls的两任门面都曾经躲在这个没人经过的地方，流着眼泪吐槽。

不得不说，苏妙娜的话仿佛是一桶冰水彻底让许轻樱清醒过来，她意识到站在原地是没有用的，更何况还是自己亲手推开了原本的一切。

她深深地吐出一口气，关上了那扇门，将黑暗隔绝在身后。

正当她往摄影棚走时，摄影棚出口的门忽然被打开，举着金色气球的粉丝们像潮水一样涌了出来。尽管隔着一定距离，许轻樱还是能看到他们脸上的笑容。

她赶紧拐弯，藏在了拐角位置。

不断有人从她身边走过，议论的声音也不断传入她的耳朵。

“Pinkgirls太棒了！看一场她们的公演好像全部的烦恼也跟着忘光了。”

“对对对，她们元气十足的模样真的很能治愈人心，好像把阳光直接注入心里似的。你看苏妙娜的眼睛，像宝石一样一直在闪闪发光！”

“苏妙娜是不错，但我还是喜欢大小姐王安琪。你看我们安琪虽然也穿着制服，但不愧是混娱乐圈的，气质就是不一样。”

“我还是比较喜欢彭芃，娇娇小小太可爱了！”

“唉，我还是觉得许轻樱的笑容最好看，可惜她生病暂时没法出现。”

“你们说她真的是生病了吗？怎么之前一点风声都没有？”

“不知道啊，成员们没有微博，只能通过公司知道她们的动态。不过轻樱的笑容确实很灿烂，气质也很棒。”

“对啊对啊，真希望她早点回来。”

……

说话的声音渐渐远去，许轻樱刚刚平复下来的心情再次有了起伏。原来真的有粉丝在她不知道的地方挂念着她。

许轻樱还沉浸在感伤里，电话铃声突然响起。

她吓了一跳，来不及看是谁就匆忙接起："你好？"

"呵呵呵，你好，我是轻樱的班主任陈老师，我找许轻樱同学。"

许轻樱忍不住翻了个白眼："徐晚乔，你幼稚不幼稚？老陈如果知道你现在还打着他的旗号骗人，看他不找你麻烦。"

"谁让你就吃这套呢。不告诉老师随意乱跑是不对的，许轻樱同学，你在哪儿呢？我去找你。"

"不用了，我们直接在停车场见吧。"

"你……不过来了吗？Pinkgirls的表演结束了，大家都还在后台。"徐晚乔看了眼在后台对他挥手的彭芃，轻声说。

"暂时……还是不见了吧。"轻樱的声音不自觉小了下去，但随即又大了起来，"总有一天，我会回去的。"

"这是太阳打西边出来了，鸵鸟居然也知道进步了？"徐晚乔的眼睛一亮，说出来的话却带着调侃。

"徐晚乔，会不会说话！"短处被揭，许轻樱有些懊恼。

"你是鸵鸟，我又不嫌弃你。好好好，我们等会儿停车场见。"

快到停车场时，许轻樱才想起停车场附近有保安，万一被看到，不知道又会惹出什么麻烦。

她来到员工通道附近，想着反正徐晚乔也快下来了，等等他吧。

就在她有些无聊时，徐晚乔终于姗姗来迟。

此刻他右手举着手机放在耳边，神情严肃地倾听电话里的内容，好看的眉毛微微皱起，眼睛似乎直视着前方，可是仔细看就会发现他的眼神没有焦点。而他空着的左手自然垂在腿边，手指却有一下没一下地敲击着大腿。

熟悉他的许轻樱知道，这表示此刻他在想问题。

许轻樱没有上前打扰，在离他还有三米的地方停住了脚步。

“好的，我知道了，谢谢。”看到许轻樱的那一刻，徐晚乔原本无神的眼睛就像突然发现了目标，眼睛里带着温柔的光，嘴巴也微微张开，给了她一个微笑。

许轻樱指了指他手里的手机，用口形说：“你慢慢打电话，我不急。”

也许是她小心翼翼的样子取悦了徐晚乔，他的嘴巴张得越来越大，眼睛里的灼热光芒几乎让她不敢直视。

徐晚乔突然抬起右手，轻轻摸了摸她的脑袋。

这一直是他安慰她的方式，从小就是这样。

许轻樱没有多说话，乖乖退到了一边。

这时，停车场却传来一阵女生说话的声音。

许轻樱脸上的微笑一僵，下意识地回过头去看。

果然，从艺人通道走过来的，正是Pinkgirls的成员们，还有一脸焦急的金北。

“表演时间比预计的晚了半个小时，T台那边已经打电话来催过好几次了，还有彭芃主持的电台马上也要开始了，王安琪、彭芃你们俩先跟我走。其他成员在这儿稍微等一下，我已经打了电话给公司，要求安排人来接你们。”金北一边往保姆车走，一边安排着。

“可是……我们大小也算艺人，就这样把我们扔在停车场不好吧，万一遇到不理智的粉丝怎么办？”其中一个女生有些愤愤不平。如果没记错，她好像是莫莫的好朋友桃子。

“电视台有非常严格的安保，尤其是停车场这里，为了防止粉丝接近更是有很多措施，你们放心吧，等会儿公司的车就来了。”金北半个身子探出车外，说道，“安琪、彭芃，快上车。”

王安琪走过去时顺手在桃子的脸上摸了一下，然后在她耳边小声说了什么，应该是安慰的话，桃子马上笑了起来。彭芃直接走过去拍了王安琪一下后，两人迅速上车离开了。

“唉，透明人果然比不上这些大神啊！”桃子望着远去的车，叹息着。站在她旁边的莫莫却用胳膊撞了撞她，下巴朝苏妙娜站的地方点了点。

糟糕，说错话了！

桃子带着讨好的笑容走到苏妙娜身边，亲热地拉起她的手：“哈哈哈，我刚刚说错话了，我们门面还在这儿呢，看来反而是最受重视的人留下来了。”

“就是就是，妙娜现在可是带着我们前进的门面。妙娜姐，你今天在前面的样子好帅！看台下观众的反应就知道了，比许轻樱在的时候好多了！”

“是啊，感觉看着你的背影就很安心呢。”

桃子和莫莫一唱一和地说着吹捧的话。

因为在空旷的停车场，再加上她们并没有刻意压低声音，这些话都一字不漏地传到了许轻樱的耳朵里。

原来她们心里是这样想的啊？苏妙娜也这么觉得吗？

许轻樱心里有些失落，也有些酸涩。

一直耷拉着眼皮的苏妙娜听到她们的话，忍不住抬起头看了看面前的两个成员：“你们真的觉得我今天表现得很好？比许轻樱还好？”

“那是当然了！”

“对对对，我们在台上可一直把你当作榜样呢！”

“呵，我倒是不知道你们的嘴巴居然这么甜。”苏妙娜的眼神猛然犀利起来，“如果真的仔细看我跳舞就会发现，今天我错了三处。你们这么盯着我都没有发现？”

一番话让莫莫和桃子都非常尴尬。

好像还嫌不够，苏妙娜继续往下说，话语里充满了嘲讽：“至少许轻樱在的时候，她在前面从没做错过一个动作，在舞台上也没有做过错误的示范。你们为了巴结我这么贬低她，要是有一天我不是门面了，你们是不是也会这么对我？”

话音飘浮在寂静的空气里，让气氛变得沉闷。

偷听的许轻樱有些动容。

尽管她跟苏妙娜是对手，可是苏妙娜仍然会在别人面前维护她、尊重她。这似乎跟她之前以为的并不一样。

“这个苏妙娜，果然是个直率的人。”打完电话的徐晚乔走到她身边，不知道他听到了多少。他在她耳边说：“她在别人面前维护你这个对手，一方面是因为你这个对手值得，另一方面也是在维护自己的品位。毕竟对手是自己挑的，太差也显得自己水平不高。”

许轻樱点了点头，苏妙娜那么高傲的一个人，这确实才应该是她的思考方式。

直到秋元公司的车过来，成员们都没有再说一句话。

“高兴了吗？至少你的对手承认你。”徐晚乔笑着问许轻樱。

“徐晚乔，我也是最近才发现原来世界并不是我以为的样子。”许轻樱看着他的笑容，轻松地说，“我之前一直活在你们的保护下，把我以为的世界当作全世界，结果走了很多弯路，还要你们帮忙善后。”

说到这儿，许轻樱不好意思地笑了笑：“之前我一直不明白，哪怕在进入秋元公司后，也感觉一直被人推着走，被安排却从没想过为什么，所以不管做什么都有些浑浑噩噩，跟不上节奏。等反应过来才发现，原来只有我不在状态，怪不得会被踢出来。”

“轻樱……”徐晚乔有些不忍，想牵住她的手，却被她先握住。

“反正是我活该。等我调整好了，相信还是有机会回去的，不要替我担心。”许轻樱努力克制住脸上的红晕，继续问他，“我今天跟苏妙娜聊了几句，她说你做了很多……徐导演，你能告诉我吗？你不说我怎么会知道？”

不说怎么会知道？

不说当然不会知道，甚至还会产生误会。

望着眼前像是重生一般的许轻樱，徐晚乔忍不住牵起她的手在唇边吻了吻：“那是因为之前有个傻瓜一直不肯静下心来听我说。我们的节目不仅仅是你们第一次当主持，也是我第一次当导演啊，当然会紧张。”

“可是你看起来很熟练啊？”

“那当然了，如果表现得慌乱，怎么镇得住工作人员和你们呢？”徐晚乔笑了起来，“所以我会参与很多工作，从摄像母带到后期剪辑再到特效通通都要过一遍。我们当时的拍摄时间很紧，我真是恨不得一天有四十八个小时才好。”

“所以，你当时不是故意躲着我？”许轻樱这才反应过来。

“怎么可能？我也……很想你啊，可我也知道只有节目做好了你才会开心，因此一直待在电视台。那段时间，摄像导演和后期导演看到我都恨不得绕道走，要不然又会被我抓到机房去。”

徐晚乔看着面前眼睛瞪得滚圆的少女，忍不住轻轻把她拉进了怀里：“偏偏还有人以为我是故意的，一直跟我闹别扭。当时好不容易发现你的特色，虽然你笨笨的，得到彭芃的指点才明白，但好在也成功吸引了不少粉丝。”

“徐晚乔，你其实不用这样的。”许轻樱靠在他温暖的怀抱里，心里只剩下满满的感动。

“傻瓜，这个节目成功了，对我们来说是双赢啊，不仅仅是为了你一个人。主要是你这个呆瓜，每次在台上都会跟杜墨有小动作，看得我都要吐血了，还要保持镇静。”

“没有没有，那是杜墨……”

“你先听我说完。等我好不容易有空了去找你，你却给了我一个你跟杜墨去约会让半个城市的记者都行动起来的大‘惊喜’，你觉得当时熬夜剪完片子赶过去的我应该是什么感觉？”

“对不起嘛，我真的不知道会那样……当时只是想着你是不是又在接受别人献殷勤，所以激动之下……唉呀，反正就是我胡闹了。”

许轻樱感觉着徐晚乔胸膛里传来的震动，说：“哈哈哈，那天你居然还对我甩脸子，我当时真的太伤心了。”

“可是伤心已经过了，现在也补不回来了。”

“谁说补不回来了？”

许轻樱有些惊讶地从他怀里抬起头：“你要怎么补？”

徐晚乔没有说话，可是连眼睛里都是浓浓的笑意：“我要……”他一边说，一边俯下身来。

望着眼前徐晚乔越来越近的脸，许轻樱有些害羞地闭上了眼睛。

就在两人的嘴唇即将碰到时，旁边突然响起一个声音：“谁？”

好梦被惊醒，许轻樱一激动推了徐晚乔一把。徐晚乔往后踉跄了几步才站稳，有些恼怒地转脸看过去，却发现居然是保安队的王队长！

徐晚乔赶紧把许轻樱挡在了身后，自己面对着王队长，用只有自己和许轻樱能听见的声音小声说：“我数1、2、3，你马上跑，去我车边等我。”

王队长显然看清了徐晚乔，好心情地打了个招呼：“原来是小徐啊，你跟谁在这里呢？”

徐晚乔脸上带着微笑，嘴巴里却突然大声喊出了“3”。一听到指令，许轻樱捂着脸撒腿就往停车场里面跑。

而她刚刚跑了几步，徐晚乔也转身跑了起来，跑过她身边时顺便牵住她的手让她跟上自己的速度。

两个人就这样像风一样离开了，只留给王队长两个背影。

今天一个人巡逻的王队长有些摸不着头脑，习惯性地追了几步，却只追到了已经上车的许晚乔。

徐晚乔发动车子，降下车窗对走过来的王队长说：“队长，我有事就先走了，等明天回台里再好好说。”

说完他一踩油门，把车开了出去。

坐在副驾驶位的许轻樱已经熟练地从储物盒里拿出一副墨镜戴上，遮住大半张脸，让人认不出她是谁。

等车终于开出停车场，许轻樱才舒了口气。

旁边的徐晚乔却握着方向盘笑出了声：“轻樱，我们这样像不像亡命鸳鸯？”

你才像鸳鸯！

“你的语文是数学老师教的吧？不会用词就不要乱用。”

“我的语文是不是数学老师教的我不知道，但是我确信从小到大我的语文老师都是你的语文老师，我们的语文成绩差不多。”

“你！徐晚乔你别忘了小时候你语文作业还是抄我的呢。”

“那又怎么样？你的数学作业还是我帮你做的呢。”

……

有时候，青梅竹马意味着，不管世事如何变化，我总在你身边，我们是彼此最深的记忆。

第八章

闪耀在聚光灯下

1.

镶着金色花边的白色公主床上，铺着一床白色带蕾丝花边的丝绒被，从泰国直运过来的乳胶枕被嫌弃地丢到了一边，床上堆满了五颜六色的靠垫和大红色的阿狸等身娃娃。

许轻樱没有丝毫形象地瘫在床上，随意一翻身，床上的靠枕就被她挤掉一个。原本坐在书桌前的徐晚乔无奈地站起身，捡起靠枕拍了拍又给她放回床上。

可是许轻樱怎么也消停不下来，干脆半坐起身，故意踢掉了床尾的海绵宝宝玩偶，然后挑衅地看着徐晚乔。

“许轻樱，你够了啊，又不是你的房间，你这么嚣张干什么？”徐晚乔有些无奈。

没错，虽然这个房间里有跟她同款的公主床，可实际上这里确实是徐少爷的房间。这些抱枕玩偶属于她确实没错，只是她没来时都被徐晚乔收到箱子里放在杂物间。而这位小姐一出现，他的床就要遭殃。

“徐晚乔，既然你也睡公主床，那自然也要跟我一样把床上弄得很温馨啊，搞得像苦行僧一样有什么意思。”

“你要是再像上次一样一边在我床上看电视一边吃薯片，我就……”

“你就怎么样？你能怎么样？”许轻樱笑着看着他，眼睛里明明白白写着四个字——“你奈我何”。

“小人得志。”徐晚乔笑骂一声，然后转身继续摆弄电脑，“真怀疑我是不是捡来的，我妈对你比对我好多了。喏，柜子里还特地给你准备了吃的。只是轻樱大小姐，麻烦你不要再撒薯片碎屑在床上了，本来睡公主床已经很奇怪了，你不知道拿床单去洗的时候，人家看我的眼神……”

“好好好，做你的工作吧，怎么跟老妈子一样？”许轻樱一边嘟囔一边打开了电视，没有再伸手去拿零食。

徐晚乔在赶任务，许轻樱一个人看电视多少有些无聊。她把电视定格在娱乐台，上面正在播放年度电视剧颁奖盛典。

好多明星！许轻樱有些兴奋，虽然她之前也经常出入电视台，但唱歌和演戏根本是两个系统，就算见过也只是匆匆打个照面，更何况连打照面的机会都很少。所以他们在许轻樱眼里，还是很有神秘感的。

“快看快看，黄琦也入围了，今年他是最受欢迎的小鲜肉，演的好几部电视剧我们团的成员都在追呢。”

“啊啊啊，居然连蔚然也去了？她不是要拍电影吗？上次在电视台遇见，简直就是女神啊，她还给我签名了呢。”

“唉，张影帝走得太快了，怎么连镜头都没几个呢，我代表观众强烈抗议！”

被她吵得头疼的徐晚乔写不下去了，他干脆从电脑前转身，随手拿过一个抱枕：“许轻樱，你能耐了啊？”

“没没没，我纯粹是作为一个粉丝这样要求的。不是传说张影帝有女朋友吗，在我眼里你最帅！全世界男生加起来都没有你帅！”轻樱赶紧表忠心，如果身后有尾巴，估计她已经摇起来了。

徐晚乔露出一个“算你识相”的表情，也坐在了床上：“反正干不了活，我还是陪着你一起看吧。”

两人像从前一样一起坐在床上，专心看着电视里那些或多或少见过的演员。

结果颁奖典礼中途，居然请来了Pinkgirls表演。

徐晚乔看了许轻樱一眼，发现她的眼神依旧明亮，情绪没有受到丝毫影响。

“徐晚乔，你看，苏妙娜刚刚虽然在笑，但是绝对走神了，动作都慢了一拍，不知道下场后彭芃会不会像说我一样说她呢？”

“快看王安琪，就是站在‘V’字左边第二的那个高个子，她今天怎么有点心不在焉的？连走位都出问题了。”

“啊，不好，王安琪踩到彭芃的脚了！完了完了，这下铁定会被唠叨了。”

不在现场的许轻樱好像比台上的人还要激动，眼睛一眨不眨地盯着电视机里的表演，大气都不敢出一下。

直到最后一个音符落下，她才夸张地叹了口气：“怎么搞的，这根本就不是平时的水平。”

“你管得真多，管家婆小姐。”徐晚乔觉得有点好笑，之前怕她像鸵鸟一直躲着，现在她却像老师一样开始了各种指导。

“不对，总感觉有什么古怪……”许轻樱还是觉得有问题。

没等许轻樱细想，电视里传来漂亮主持人的声音：“谢谢大家的收看。刚刚为我们表演的是最近正当红的大型女团Pinkgirls，也是杜墨的师妹团。可惜杜墨今天不在现场，要不然……咦，这位成员是有什么想说的吗？”

电视里，穿着红色露肩晚礼服的女主持看到本该在介绍后下台的

Pinkgirls突然一阵骚动，然后一个个子高挑的女生走了出来。她穿着红白相间的苏格兰风格制服，红色百褶裙下的双腿又长又直，如果不是确定她是Pinkgirls的成员，简直会以为她是模特。

她正是王安琪。

王安琪径直走到女主持人面前，朝她微微一笑，轻轻指了指她手里的话筒。表演结束，耳麦早就切断了声音，所以她才会有此举动。

女主持人有些莫名其妙，下意识地看了看台下，发现导演并没有阻止，只好有些犹豫地把话筒递了过去。

王安琪接过话筒，先闭上眼睛平复了下心情，再睁开时，眼睛里只剩下坚定："大家好，我是Pinkgirls的成员王安琪，也是《嘉人》杂志的签约模特，在秀场出道，担任过AJ的宣传模特。我，王安琪，在这里宣布……"

王安琪深吸一口气，眼睛里的泪光在灯光的照射下像是漂亮的水晶："从今天起我将退出Pinkgirls团体，以后只在时尚圈活动。"

"怎么回事？这个女孩是怎么回事？是公司授意的吗？"

"没搞错吧？听说Pinkgirls正在上升期，资源这么好，她为什么要退出？"

"时尚圈和女团可以兼顾，这没有什么矛盾的地方吧？怎么会逼她做这个决定？"

"这可是直播，说出去的话根本没法反悔。"

……

台下一波一波的议论声，王安琪都听见了，可是她再没有力气计较。她只是慢慢地把话筒还给了主持人，然后转身向台下走去，只留下一个骄傲又倔强的背影。

接过话筒的主持人终于回过神，她看了看导演，笑容有些僵硬：“好的，观众朋友们，我们先进一段广告，广告之后更加精彩。”

电视里开始播放广告，电视外的许轻樱被这个消息震惊了。

“怎么回事？王安琪是傻了吗？她明明……”

明明怎么样？

许轻樱突然有些无力，她们从被选入秋元公司开始便在一起当练习生，感情自然是其他人没法比的。王安琪喜欢恶作剧、喜欢笑，对成员最好的就是她了，人缘最好的也是她。

可是她为什么这么突然地放弃了呢？

许轻樱越想越觉得不对，直接从床上爬了起来，手忙脚乱地想往外跑，却被徐晚乔一把拉住：“轻樱，冷静，冷静点。”

“怎么冷静？我们做练习生时就是朋友，王安琪绝对不是那么我行我素的人，她这次却在直播时宣布退出，连挽留的余地都没有！彭芃要怎么办？其他成员要怎么办？我们Pinkgirls要怎么办？不行，我要去看看！”边说她边想挣脱徐晚乔的手。

徐晚乔把她拉进怀里，轻轻拍着她的背：“我知道我知道，你担心你的朋友、你的团队，可是现在如果一股脑地冲过去，只会给她们添麻烦。我估计现在应该有很多记者往电视台后台赶，我开车送你去公司好不好？金北应该会直接把她们带回公司。”

许轻樱胡乱地点了点头，此刻不知道为什么，她居然比那个被雪藏的夜晚还要慌乱。她不清楚自己为什么会这样，但是此刻她只想赶紧站在彭芃身边，站在王安琪身边。

徐晚乔动作很快，不一会儿他们已经开车驶向秋元公司。

远远看见那栋帆船造型的建筑物时，许轻樱的心里稍稍平静下来。

避过了被保安拦在安全距离外的记者们，许轻樱指挥着徐晚乔绕了一圈，从秋元公司后门的秘密通道开进了停车场。

解开指纹锁，许轻樱快步迈上楼梯往练习室跑。她知道，会议室是公司的，只有练习室才是她们真正解决事情的地方。

迅速赶到练习室门口后，许轻樱示意跟在身后的徐晚乔在门口停下，然后气喘吁吁地一把推开了练习室的大门。

熟悉的白云蓝天背景下，成员们正聚在练习镜前围成一个圈，中间是面无表情的彭芃和王安琪。

许轻樱一步一步朝她们慢慢走过去。王安琪在看见她时，原本平静的眼神瞬间一亮，却又马上暗淡下去。她死死咬着下嘴唇，明明脸上的肌肉都有些不受控制地在颤动，可偏偏又要倔强地装成什么都没有发生的样子。

“王安琪，现在大家都在，你可以说说为什么突然要求退出。”彭芃气势全开，小小的身体里仿佛爆发出了巨大的能量，她紧紧地盯着眼前的人，虽然仰着头，但气势丝毫不弱。

王安琪没有说话，还保持着原来的样子，只是眼眶却红了。

许轻樱忍不住走过去，一把拉住了她：“安琪，你为什么突然会想退出？我们一起当练习生那么久，现在又出道了这么久，你为什么突然就要放弃了？你看看我……我想明白了却没有回来的机会，你要是跟我一样可怎么办？”

王安琪似乎有些动容，眼里有泪水聚集。可是她除了摇头，仍然不愿意多说一句话。

“王安琪，金北不在这里，现在只有我们自己的成员，你直接说原因吧。”苏妙娜突然开口，语气严肃。

“能有什么原因？”王安琪终于说话，声音却透着嘶哑，“我就是不想再在组合待下去了。每天这么多行程，又要赶时尚拍摄任务，又要赶组合的行程，我每天连睡觉的时间都不够！”她的目光轻飘飘地看向苏妙娜所在的地方，瞳孔却猛地一缩。

许轻樱却不相信，她不相信曾经大笑着说要一起登上最高舞台的王安琪会突然放弃。

“我不信，安琪你不是这样的人！”

“有什么不信的？你是组合的门面都可以被雪藏，我只是一个成员，为什么不能放弃？”王安琪说完，扭过头不再看许轻樱。

一时间整个练习室陷入了沉默。其他成员并没有她们这么深厚的感情，只能站在一边。王安琪非常喜欢的几个小成员这次也没有说话，远远地站着，连抬头看过来的勇气都没有。

如果是平常，彭芃一定能看出来有问题，可是现在她也同样心乱如麻。

本来许轻樱一个人离开，稍微掩饰一下就能瞒过去，可是现在王安琪也要离开，整个队伍的舞蹈走位会被完全打乱。

更何况，王安琪虽然不是门面，但因为在时尚圈发展良好，为整个团队也带来了不少时尚资源。如今她要退队，那么很有可能在时尚这一块，Pinkgirls团体的发展会受到阻碍。

彭芃基于队长的角度想了很多很多，可是在看见王安琪滚落的泪水后，还是没有开口。

有些话，是对成员说的，可是还有些话，是对朋友说的。

2.

对于王安琪来说，人生是灿烂的、光明的。

一报名就被选入秋元公司当练习生，一出道就被大型时尚杂志看上成了签约模特，她的事业似乎从不需要人担心，所以她也愿意在力所能及的情况下帮助成员们，因此她拥有了良好的人缘和自认为的许多朋友。

可是没想到，这只是她的一厢情愿。

王安琪在直播时宣布退出的打算以后，其实脑子一直一片混乱，直到坐在小饭店的包间以后，她才算是真正清醒过来。

金色的墙纸上贴满了明星的手写签名和老板跟他们的合照。普通的圆桌上摆满了小吃，金色的山药红豆卷、黄澄澄的咖喱鸡排饭，还有许轻樱最爱的意式蘑菇汤。

在座的除了王安琪，只有许轻樱和彭芃，甚至连苏妙娜都不在。

当年，她们三人几乎是同时进的公司，从当练习生时就一直在一起，而苏妙娜则是在她们当练习生后，因为拍了广告才被选进公司的，当时跟她们并不熟悉。

“安琪，你还记得这里吗？那时候我们还是练习生，每天都要在金北的监督下减肥称体重，每天练习量那么大，却不敢多吃。”彭芃一边说，一边扒拉着面前已经点好的菜，一点一点往碗里夹。

“是啊，最讨厌的是，你居然怎么吃都不胖，明明是我们仨偷偷吃东西，结果我跟彭芃称重的时候长肉了被金北罚，只有你一点事都没有。”许轻樱想起往日的时光，眼睛里布满了笑意。

是啊，那时候每天上完课就背着书包来公司练习，还不让多吃，练习完她们三个就约好来这家店猛吃，结果只有王安琪一点肉都不长。

“所以才说我是天生就适合做时尚的人啊，这种长不胖的体质是你们羡慕不来的。”王安琪终于笑了起来，一直抿着的嘴角有了放松的迹象。

“这家店算得上是我们的根据地了，这次我连徐晚乔都没带。”

“是啊是啊，那时候还是徐晚乔来接轻樱，看我们可怜才推荐了这家号称少油好吃的店。”

“说起来，今天徐晚乔来了，轻樱你怎么不叫他一起呢？”

“哎呀，今天是女生聚会，喊他干什么？”许轻樱有些害羞，“再说有他在，很多话就不好说了。”

“既然这样，那你们直说吧，想跟我说什么？”王安琪放下手里的筷子，望着面前的两个人。

许轻樱跟彭芃互相看了一眼，最终还是许轻樱忍不住，问出了口：“安琪，你到底为什么要退出？”

“就是一开始说的理由呗。”王安琪一边说一边开始夹菜，避开了许轻樱探究的视线。

“王安琪，现在坐在你面前的不是Pinkgirls的成员，而是你的朋友。面对朋友，你也不肯说实话吗？”彭芃有些生气。

“你希望我怎么说？说我被自己照顾的人算计？说我以为自己人缘好其实都是假的？”王安琪的声音越来越大，“什么团队？什么朋友？我王安琪就是个大傻瓜，自以为是地对别人好，谁知道却被忌恨！”

“安琪，你到底在说什么？”彭芃震惊不已，许轻樱也愣住了。

“我从出道被杂志看上开始，自认为对团队尽心尽力，有这方面的资源也会往团队里拉。可是回报呢？回报就是有的成员想踩着我上位吗？在摄影师面前卖乖想占我的位置，私下讨好编辑要更多的版面，甚至连采访都希望能用她的全身像而用我的背影！当我是傻子吗？”

王安琪的话语里带着浓浓的失望：“这些都算了，她们想上位、想要更多曝光率，我能理解，可是为什么要把我当成傻瓜呢？如果不是跟我关系好的编辑给我听录音，我都不会知道这一切。”

“安琪，也许只是有人想挑拨……”彭芃小声说着，听起来却有些底气不足。

“是啊，我也想当成是挑拨，毕竟是我亲自关照的团员。我自问对她们照顾有加，她们却想踩着我上位，甚至还私下议论我。这样的事情，让我觉得自己好失败，我做人也挺失败的。”

“安琪，你说是谁，我一定告诉金北，让他好好教育她们！”彭芃气愤得差点摔了面前的筷子。

“有什么用呢，即使有惩罚莫莫的事情在先，她们还不死心，现在说又有什么用呢？而且，就算我答应回团，我也不敢再相信其他成员了，这样对团队不好，还不如专心在时尚圈发展，说不定会更好一些。”

“安琪……”许轻樱的感伤堵在了嗓子眼。

“别难过，反正我现在确实更喜欢时尚圈一些，加入Pinkgirls也只是想实现练习生时我们的梦想而已。现在既然梦想实现了，我也可以去做自己真正喜欢的事情了。”

王安琪笑了起来，边笑边端起了面前的酒杯：“好啦好啦，原因我也说了，今天就当是我们的散伙宴吧。”

彭芃沉默了一会儿，也端起了酒杯：“一起喝吧。我们带着安琪的梦想，一起走下去吧。”

许轻樱看了看眼前的人，也举起了酒杯。

很多时候，我们自己选择的路，跪着也得走下去。

明亮的月光透过窗台和薄纱窗帘照进房间，被打发回家的徐晚乔在床上翻滚了第八十四圈后，终于接到了等待已久的电话。

“徐晚乔，本宫命令你快来接驾！”

电话里许轻樱的声音已经有些飘忽，还对着手机絮絮叨叨：“本宫在……在哪里来着？”

“你傻了啊，我们在吃饭啊，哈哈哈。”王安琪豪放的声音传来，紧接着响起一阵“呜呜呜”的哭声。

什么啊？

徐晚乔忍不住看了看来电显示，确认是许轻樱的号码。

“你们……喝高了吗？”徐晚乔有些头疼。

话筒里又传来一阵奇怪的奔跑声，还有许轻樱的声音：“你们等等我，等等我。”

“轻樱……”

“啪！”话还没说完，电话就被挂断了。

徐晚乔无奈地拿起车钥匙走了出去。

还好她们聚会的地方他知道。这三个家伙，聚在一起果然永远很闹腾。

等他到了地方，按照服务员的指引来到包间门口时，听到了里面闹腾的声音。

他刚推开门，一个抱枕就迎面飞过来。

徐晚乔伸手一挡，有没有搞错，怎么刚来就有“暗器”啊？

呈现在他面前的是让人很无语的一幕。

王安琪脸颊通红，正赖在座位上呈“大”字摊开，身上的裙子早就皱得像腌菜。而旁边坐着的彭芃则根本看不见脸，她双手捧着脸呜呜地哭泣，头上的大蝴蝶结也跟着一颤一颤的。

这是什么情况？

徐晚乔看了看，终于在角落找到了蜷缩成一团的许轻樱。他皱着眉朝她走了过去。许轻樱的酒量不好，典型的“三杯倒”。看她现在的样子，应该已经喝了好几个“三杯”了吧。

窝在角落的许轻樱抬起头，红扑扑的脸蛋像是盛开的蔷薇，漂亮的眼睛像是落满了星星，眼神带着迷蒙和懒散，让人的心情也不自觉跟着慵懒下来。看见徐晚乔，她不自觉地扬起了笑容，像是没有负担的小孩子一样。

徐晚乔原本心里的怒火就这样被一个笑容浇灭，他缓缓走到了许轻樱面前。

“抱抱！”许轻樱对他伸出手，表情充满了依赖和信任。

徐晚乔的心都要化了。

他蹲下身摸了摸许轻樱的脸，许轻樱依恋地在他手上蹭了蹭。徐晚乔轻声说：“乖，我们带彭芃和王安琪回家。”

“好。”这一刻的许轻樱异常听话，她乖乖地点了点头，牵着徐晚乔的手慢慢站了起来。

徐晚乔拜托饭店的人把车开了过来，然后动作迅速地把三个醉鬼半哄半威胁地弄进了车里。

给金北打过电话报备后，徐晚乔把车开到了指定地方，把闹够了陷入熟睡的彭芃和王安琪交给金北，然后给许轻樱系好安全带，带着她往家里驶去。

事先发微信让老妈把许轻樱妈妈引到家里后，徐晚乔抱着已经精力耗尽的许轻樱熟门熟路地走进她家，一路畅通地把她送回了房间。

把她放在公主床上后，徐晚乔有些气喘吁吁的。

“许轻樱，你最近没有跑行程是不是胖了？再胖我就要抱不动你了。”

熟睡的许轻樱没有回答，可是哪怕在梦里，她的眉头也皱在一起。

徐晚乔轻轻替她揉了揉眉头，心里的柔情已经浓得化不开。

这个女生是他从小一直捧在手心呵护的珍宝，他看着她从一个扎着羊角辫的胖团子长成如今的亭亭少女。她人生的每一刻，都有他在身边。

为了她去学编导专业，为了她去电视台，也为了她愿意默默地陪伴。

这是世界上最漫长的告白，也是世界上最深情的告白。

可是他的傻姑娘，似乎还是不太懂。

仿佛感觉到了他的温柔，许轻樱轻轻动了动，嘴巴嘟了嘟，有醒来的迹象。

“在说什么？”徐晚乔有些奇怪，低下头凑了过去。

就在这时，许轻樱睁开了眼睛。

“你要干什么？”稍微醒了酒的许轻樱有些惊慌，毕竟谁睁眼看见一张男生放大的脸，都会惊讶。

徐晚乔干脆凑上去，亲了亲她樱花般的嘴唇。

许轻樱反应有些迟钝，声音软软地问：“你这是干什么呀？”

“亲你呀，小傻瓜。”徐晚乔摸了摸她的头发。

“哦。”许轻樱应了一声，像一只在撒娇的小奶猫，“那彭芃和王安琪呢？”

“都已经送回去了。”徐晚乔觉得这样的她很有趣，忍不住又摸了摸她的脸。

“徐晚乔，王安琪说她要退团。”

“我知道。”

“她说已经没法回到从前了，我……还能回去吗？”许轻樱的声音里充满了忐忑。

“傻瓜，有我在，怎么舍得你受委屈？”徐晚乔笑了笑，轻轻戳了戳她光洁的额头。

“可是我真的还回得去吗？”许轻樱说着说着，眼角慢慢流出了眼泪。

徐晚乔轻轻吻去她的泪水，拉着她的手，一字一句地说：“轻樱，有我在，不要怕。”

只要有我在，一定会护你安好一生。

3.

“丁零零——”

铃声在房间里不停回荡，打破了一室的安静。太阳早已晒进了房间，却叫不醒熟睡的人。隔了很久，白色公主床上的蕾丝空调被里才慢慢伸出一只白皙娇小的手，挣扎着拿起了手机。

“喂？”少女的声音还有些迷糊，带着早晨特有的沙哑。

“许轻樱，暂时不活动你就是这么堕落地生活的吗？”电话那头的彭芃声音洪亮，充满了元气。

“拜托，今天是周末，我又没有行程，又不用上课，怎么就不能睡个懒觉了？”许轻樱顶着一头乱发从被子里钻出来，眼睛怎么都睁不开。

“胆子大了啊，居然敢反驳？你又没有退团，没有行程基本练习还是要做的！赶紧来公司！”彭芃一说完，就立马挂了电话。

“喂，喂喂？”

没搞错吧？彭芃不是吃错药了吧，怎么突然又要她去训练了？

不过队长说的话不能反驳，许轻樱匆匆收拾了一下就去了公司。

她在推开练习室的门前最后检查了一遍自己的穿着，简单的红色天鹅绒运动服、白色经典乐福鞋，因为出门很急，连妆都没有化。最倒霉的是，昨天晚上临睡前喝了徐晚乔特意带来的饮料，今天整个人都肿肿的，光看脸就像胖了一大圈。

“咔嗒——”

许轻樱推开了门，音乐刚好停止。正在排练的成员们从镜子中看到了突然闯入的许轻樱，有些惊讶地转过身，看着她。

许轻樱觉得自己就像是闯入仙境的爱丽丝，又像是打开了衣柜深处通道的纳尼亚小孩。

明明是熟悉的成员，可是此刻她们看向她的目光充满了疑惑、不解甚至防备，这让她原本就有些忐忑的心更加慌乱了。

果然……还是有人不希望她回来。

不管怎么说，真的很挫败。

转过身的彭芃发现了许轻樱，毫不客气地说道：“在门口磨蹭什么，还不快过来！”

许轻樱硬着头皮走了过去，却发现以前自己站着的地方，站着苏妙娜。看见她过来，苏妙娜并没有让开的打算。

好尴尬呀！

“轻樱，你先去旁边看看舞蹈动作，学习一下队形和走位。”彭芃利落地安排好，又招呼成员们赶紧重新排练。

许轻樱站在一边，刚好跟苏妙娜对视上。苏妙娜看着她，没有一丝要退后或者让位的打算。而其他成员，似乎也感受到了两人之间微妙的气氛，充满各种意味的目光都落到了许轻樱身上。

如果是以前，许轻樱说不定会因为胆怯掉头就走，可是现在她坚定了自己的梦想，明白了自己的责任，何况身上还带着安琪的梦想，她不想就这样退缩。

许轻樱站在一边看着团队的走位和舞蹈动作，默默记住，一直到排练结束。

随着练习音乐的结束，从队伍中朝她走来的彭芃叫了她的名字，带着她和苏妙娜去了楼顶的玻璃会议室。

会议室里只有金北一个人，LED屏幕上正播放着她们第一次电视表演的视频。

看见三人进来，金北的表情没有变，只比了一个“坐”的手势，三人听话地坐下。

“你们是Pinkgirls的先锋，也是Pinkgirls的名片，所以这次开会是想听听你们自己的意见。”金北说着，看了许轻樱一眼，“轻樱前一阵被雪藏，王安琪又突然退团，Pinkgirls在后期的排舞和资源方面都受到了一定影响。再加上杜墨一直在外地拍戏，没法帮助我们团体宣传，所以最近Pinkgirls的关注度有所下降。”

听了金北的话，第一个不高兴的不是彭芃，而是苏妙娜。借口再好听，理由再充分，金北的意思都是，在她当门面的这段时间，Pinkgirls的成绩不如以前好。

“我承认Pinkgirls最近的关注度和话题都不够，但是我作为门面并没有做错什么。”

“妙娜，你别急，我并没有否认你作为门面的努力，只是现在因为团队人数的问题，走位和编舞都受到了一定影响，你们每天的日程都很满也不可能再插一个练习生进来，最好的办法就是让轻樱归队。”

“凭什么？明明有队员可以暂代，为什么要解除对许轻樱的惩罚？”她回来了我该怎么办？虽然最后一句话没问出口，但苏妙娜并不想放弃现在的位置，这一切都是她努力得来的。

“妙娜，轻樱回归是最好的选择，更何况这也是一个新闻点，可以让Pinkgirls获得更多的关注度。这不仅是我的决定，也是公司的决定。从明天开始轻樱就正式回归团队，一切还跟原来一样。”

跟原来一样？团队的门面还是许轻樱？

读懂了这层意思的苏妙娜忍不住站起来瞪了许轻樱一眼，毫不客气地摔门离开。

坐在座位上的许轻樱听到金北的话有些震惊，但更多的是不安。已经脱离团队三个月的她，如何能在最短的时间内恢复，胜任原来的角色位置？

而苏妙娜，又该怎么面对呢？

“轻樱，我很高兴王安琪要退团时你能赶来，你终于知道从团队的角度去思考问题了。这也是这次彭芃提交申请报告后，上面会同意的一个重要因素。希望你这次不要辜负彭芃，也不要辜负团队。”

金北的话让许轻樱有些语塞，彭芃伸出一只手拍了拍她的手："不要怕，我会在你身边。"

许轻樱扭头看了看满眼信赖的彭芃，又看了看满脸期待的金北，慢慢地点了点头。

只要能重新开始，她不怕。

可是，真的不怕吗？

当彭芃在微信群里公布这个消息时，群里炸开了锅。

许轻樱看着群里的人不同的反应，不知道该怎么回答，只留下一句"我会加倍努力，跟彭芃一起带好团队"，就退出了聊天页面。

这一刻，她突然很想很想徐晚乔，忍不住给他打了个电话。

"嘟嘟嘟——"

铃声响了很久才被人接起，徐晚乔的声音里透着疲惫："轻樱，怎么了？"

"徐晚乔，你在做什么？我打扰到你了？"电话里嘈杂的背景音让她下意识地皱了一下眉。

"没有，刚录完节目，在跟副导演讨论。"徐晚乔跟副导演示意了一下，抬脚离开了摄影棚，周围终于安静下来，"怎么，想我了？"

"喂喂喂，你就不能正经一点吗？"许轻樱的脸红了，声音也跟着大了起来，"我……我是有事要跟你说。徐晚乔，我归队了，从今天开始，我又是Pinkgirls的门面了。"

"我知道。"

知道？他怎么会知道？

"傻瓜，我可是电视台的导演啊，你们要上节目，公司提前把基本情况交过来了。我看到你的名字了，轻樱。”

“所以，徐晚乔，我们又要开始在电视台见面了。”

“是的，我还知道过两天你们会参加《音乐中心》，我会去现场给你加油的。”

“好啊，我等你。”

许轻樱挂掉了电话。和徐晚乔通过电话后，她的心稍稍安定了一些。

她现在又成了Pinkgirls的门面，是Pinkgirls的代表人物，可是这一次她一点都不讨厌，甚至满心欢喜。

终于重新站回了这个位置，一切又回到了正轨。

不过还没来得及细细品味这份欣喜，她就投入了忙碌的行程之中。太久没有跟行程，她有点不习惯。

“大家要注意，《音乐中心》的导演非常注重现场观众的反应，所以等会儿上台前，你们可以多跟粉丝互动一下，这样表演时也能抓到好看的画面。”

金北带着打探来的情报在后台跟成员们分享，许轻樱看着他一张一合的嘴唇，精力却始终没法集中。

此刻她们戴着耳麦，还穿着那套熟悉的红白格子相间的演出服，肉色的耳麦已经在脸上粘好，造型师还在忙着给成员们补妆。

以前万分熟悉的场景，许轻樱却感觉有些陌生。她悄悄把手背在身后擦了擦手心的汗，尽量装作平静地看着还在进行灯光调试的舞台。

没有关系，没有关系，一切都会好起来的。

许轻樱在心里不断地进行自我安慰，可是她总觉得其他人在用异样的眼光打量着自己。她心里充满了不确定，那些不确定就像一块巨大的石头压在她的心头，让她喘不过气来。

“大家好，我们是Pinkgirls！”在彭芃的带领下，成员在台上大声地跟台下的粉丝打招呼，回应她们的是粉丝更加激动的欢呼声。

许轻樱站在正中间的位置，只觉得台上的灯光是如此刺眼，好像把她的无措无限放大，呈现在粉丝面前。

在她们站定的那一刻，欢呼声逐渐小了下来，接着传来的却是压也压不住的议论声。不用问也知道，粉丝们对于突然回归的许轻樱感到诧异。

她忍不住露出一个有些僵硬的笑容，可是这份善意明显没有被友善地回应，因为台下的声音不仅没有变小，反而越来越大。

站在正中间最前方的她根本看不清身后的彭芃和苏妙娜是什么表情，而已经上台也不允许她回头。她只能努力地深呼吸，好让自己平静下来。

“为什么是她？”

一声高喊穿破了台下的嗡嗡声传入许轻樱的耳朵，让她原本的不安瞬间膨胀了十倍。

仿佛是为了响应这句话，又有很多人的声音响起。

“为什么不是苏妙娜？”

“她怎么能若无其事地站在那里？”

“没有解释吗？”

……

一句一句质问的话向许轻樱重重地砸来，她从未觉得如此无助过。有那么一秒钟，她真的想什么也不管，就这样跑下舞台。

可是她不能。

她身后还站着十四位成员，她不能只顾自己丢下她们不管。

许轻樱强迫自己抬头挺胸，不要在意台下的质疑。就在她抬头的那一刻，她终于看见了那双满是担忧的眼睛，哪怕台下有那么多人，她还是一眼就认了出来。

他果然来了，徐晚乔果然来了。

徐晚乔的出现像是一颗定心丸，让许轻樱原本的决心更加坚定。她微微朝徐晚乔点了点头，然后重新骄傲地抬起了下巴。

看好吧，我许轻樱绝对不会让爱我的人失望。

熟悉的音乐响起，仿佛本能般，许轻樱做出了第一个动作，接着，唱出了第一句歌词：“怀抱珍珠般的大海，带着你的爱完美旅行……”

原来所有最初看起来的艰难，一旦努力去攻克，那些困难就会变得不堪一击。

许轻樱努力听着耳返中的伴奏，跟着节拍舞动，这分去了她大部分的注意力，她甚至不知道台下的观众是什么时候开始安静地欣赏表演，眼睛里重新亮起对Pinkgirls的信任的。

随着许轻樱唱出最后一个音符，Pinkgirls的表演顺利结束了。尽管开场前有些喧闹，可是表演开始后，成员们都很在状态，台下的粉丝很配合，应援口号和跟唱也都很完美。

许轻樱努力保持着甜美的微笑，在台上鞠躬致谢后，和其他人一起走下舞台。

有些虚脱的她拜托工作人员摘掉耳麦，彭芃走过来直接抱住了她，在她耳边小声说：“轻樱，你真棒！”

是啊，能不棒吗？短短几天重新练好了走位，在台上也没有半点不适应，镜头拉近时脸上甜美的笑容让人眼前一亮，唱歌跳舞更是没有丝毫差错。

台下原本挑剔的粉丝也没有再多说什么。

许轻樱笑了笑："没什么，这是门面应该做的。"

彭芃拍了拍她，没有再说话。

远处已经卸了耳麦的苏妙娜走了过来，轻飘飘地说："你这场表现得很好，可是门面的位置，我不会轻易让给你。"

"拭目以待，我会堂堂正正地站在这个位置上。"许轻樱的回答充满了力量。

节目圆满结束，跟安排成员们回家的彭芃和金北打过招呼后，许轻樱熟练地穿过电视台的过道，走到了徐晚乔之前带她去过的办公室，打算给他一个大惊喜，打开门却发现他正张开手臂面对她站着，脸上带着宠溺的笑容。

"没劲。"许轻樱嘴巴上说着，身体却不客气地扑进了徐晚乔的怀抱，撞得他忍不住后退了几步。

"徐晚乔，我的回归秀很成功吧？"

"嗯，很成功，很引人注目。"

"那当然了，我可是门面，录制前不喜欢我的粉丝，最后还不是被我的笑容融化了？"

"其实她们不是因为你的笑容注意你，而是……"

"而是什么？"许轻樱有些激动，赶紧从他的怀抱里抬起头来，好奇地问道。

"而是台上最胖的你本来就比其他人占镜头。"

"你什么意思？"女生最忌讳的雷区被踩，许轻樱一把推开了面前的人。

"我看你是前一阵过得太好了，脸都圆了一圈了，啧啧，从镜头里看过去，全场你的脸最大。"

“啊啊啊，徐晚乔，你给我好好说话！”

果然，对于毒舌的青梅竹马来说，温情什么的，都是泡沫。

第九章

乌龙拍摄的青春时代

1.

玻璃会议室里，特意移来的多肉植物和吊篮让整个房间充满绿色，当阳光透过玻璃照射进来时显得更加生机勃勃。

此刻Pinkgirls的少女们正凑在一起，讨论着玻璃房正中央那盆西洋樱，据说那是老板特意从日本引进的珍稀植物。

杜墨走进来时，看见的就是这样一幅“少女赏花图”，他终于觉得自己的眼睛得到了净化。

不知道Jackson是不是突然吃错了药，杜墨跟许轻樱约会的当天晚上，刚参加完庆功宴，就被连人带行李打包运到了影视基地。拍戏就拍戏吧，居然接拍的是一部战争戏。天知道他一个一直演爱情戏的男演员要怎么才能适应那些战争武打的场面，还有那么多的爆破戏，万一炸到他的脸怎么办？

各种各样的担心外加高强度的拍摄让他每天不是在拍戏就是在睡觉，好不容易抽空休息玩手机还会被Jackson强制禁止，这几个月他简直就像是被关了禁闭，外面发生了什么一点都不知道！

所以当戏终于杀青，回来能第一眼看见这样生机勃勃、赏心悦目的画面，他心里说不出的舒服。

“师妹们好啊！”杜墨双臂环胸慢慢地朝她们走去，一双桃花眼却紧紧盯着人群中正跟彭芃蹲着研究西洋樱的那个背影。

唉，这么久不见应该是生气了吧？故意冷淡也是能理解的。

蹲在地上的许轻樱在听到他声音的那一刻恨不得能隐身。过了这么久，都快忘了有这么个冤家了！

“师兄好。”其他成员乖乖问好。毕竟这个师兄谁也惹不起，他那个爱穿夏威夷花衬衫的经纪人总是像看病毒一样看她们，生怕她们凑上去连累了杜墨。

“放心放心，Jackson今天有别的安排所以没来开会，我正休息呢，就自己过来了。”杜墨把重音咬在“休息”上，希望蹲着的那个装鸵鸟的人能知道。

可是许轻樱一边想着“你看不见我，你看不见我”，一边装聋作哑，下定决心会议不开始不站起来。

旁边的彭芃淡定地站了起来：“师哥好啊，今天据说是要商量我们Pinkgirls新专辑的事情，没想到会在这里遇见你。”

“你们不知道吗？我可是你们MV的男主角。要不是看在某人的面子上，刚杀青想休息的我是不会答应的。”

呵呵，谁稀罕啊！

蹲在地上装隐身的许轻樱在心里咆哮，但还是不愿意起来搭话。毕竟每次跟他扯上都没有好事，更何况自己被雪藏的事情还没有完全完结，再跟这家伙有接触，万一又惹出什么麻烦怎么办！

“谢谢师兄对Pinkgirls的赏识，相信我们一起拍MV会很愉快。”彭芃不愧是队长，瞬间就把话题转移到了团队上。

还好，没等杜墨继续说话，金北已经拿着计划书走了进来。原本看热闹的成员们也终于安静下来，坐在了一起。

金北宣布完已经拟好的拍摄计划，习惯性地问了一句：“谁有什么问题吗？”

“我不同意！”在所有人惊讶的目光中，杜墨从椅子上站了起来。蓬松的卷发让他整个人看上去懒洋洋的，漂亮如雕刻般的脸上没有化妆，皮肤却显得更加白皙透亮。桃花眼微微上挑，眼里光芒璀璨，像是水波里的亮星。

一般来说，金北代表了Pinkgirls的绝对权威，他拟定的计划是没有人能反对的。

丝毫不在意别人目光的杜墨直直地看着金北，话语里带着强烈的不满：“这个MV怎么回事？拍短故事我没有意见，时空交错的恋人相见这个主题也很好，只是为什么是我跟苏……那个苏什么演男女主角？女主角确定没有搞错人吗？”

杜墨的话音刚落，离他远远的许轻樱忍不住把头埋在了桌子上，因为她已经感觉到了其他人投过来的目光。

虽然杜墨没有明说，可是他话里暗示的那个人，只差指着许轻樱的脑门说就是她了！

“这个问题我们已经考虑过了，如果有什么问题，杜墨你可以回去问一问Jackson。我们组合毕竟是一个集体，需要给每一个人机会。”

金北的话合情合理，杜墨听了却不是很顺耳。毕竟从他大红以后，就很少有人会拒绝他的要求。

“我希望你好好考虑，虽然是公司的安排，但我也有拒绝的权利。万一本少爷心情不好，日程就需要调整了。更何况找个合心意的搭档让本少爷高兴了，拍摄才会顺利。”

如果不是彭芃死死拉着她的手，许轻樱早就站起来了。这家伙，最近是拍了什么土匪戏吗，活生生一副土匪的口气是怎么回事？

可是唯一能压制他的Jackson也不在这里，现场陷入了一片寂静。

金北额角的青筋跳了跳，看得出来他是在极力忍耐。他深吸了一口气，平静地说：“有什么问题你可以先跟Jackson商量，等商量后再跟公司说，你的提议我们自然也会考虑。”

杜墨撇了撇嘴角，微微点了点头，坐下的瞬间，还朝许轻樱丢过去一个暧昧的眼神，这让许轻樱忍不住暗地里翻了一个又一个白眼。

会议一结束，许轻樱顾不上彭芃，迅速从座位上跳起来，像兔子一样快速跑出了房间，原本打算逮人的杜墨连她的影子都没看清。

而杜墨又发挥了奇特的思维，把这归纳为害羞。

许轻樱跑出了公司，直奔徐晚乔家。

熟门熟路地走进徐晚乔的房间后，许轻樱直接瘫在了他的床上。

徐晚乔回家时，看到的就是自己的公主床上毫无形象的“美人瘫卧图”。他懒得搭理床上那个家伙，自顾自地打开电脑坐在了桌子前。

“你都不关心一下我吗？”许轻樱幽幽地发问。

“哦，那你是怎么了？”徐晚乔一边输开机密码，一边随口问道。

“我差不多已经是个废人了……”许轻樱感叹了一句，慢慢把今天会议的内容告诉了他，重点放在杜墨的纠缠不休上。

“杜墨真的好麻烦，一定要钦定本小姐跟他在MV里演情侣。拜托，他脑袋被驴踢过吗？上次才传过绯闻，这次又演情侣，我可能分分钟就要被他的‘脑残粉’诅咒吧？”

“那你愿意吗？”徐晚乔的声音里充满了温柔，偏偏听起来有一种诱哄的味道。

“我傻啊！每次跟他扯上关系都没好事。再说，哲学家不是说‘人不能在同一个地方跌倒两次’吗？我怎么会在他身上栽两次跟头呢？”

“乖。”徐晚乔满意地摸了摸许轻樱的头发，心道，算你自觉。

“可杜墨是师兄，又是大牌，他如果明确要求的话，公司也会考虑的。”许轻樱摆出一副苦瓜脸，“我怎么才能摆脱这个缠人的家伙，又让他顺利参加我们的MV拍摄呢？”

“那是金北的事，你管得倒是多。”徐晚乔不再理她，自顾自地侧过身去继续看电脑。

许轻樱抬起头，看着他完美的侧脸，雕刻般的线条、挺拔的鼻子，还有微微上挑的眼睛——毫不客气地说，徐晚乔的外形真的一点都不比娱乐圈的小鲜肉差。

就是不知道这家伙的演技怎么样？不过既然在电视台当导演，没吃过猪肉总见过猪跑吧……

“有了！”许轻樱兴奋地蹦了起来，一步就跳到了徐晚乔身边，徐晚乔赶紧转身一伸手把她拉入了怀里。

“徐晚乔，我跟金北说让他给你在MV里也安排个角色吧！”她越说越觉得自己是个天才，“这样，你就可以当我的人肉盾牌帮我抵御杜墨啦！”

“你倒是想得美。”徐晚乔有些好笑，“你怎么知道我一定有空，再说我一个导演去客串，不合适啊！”

“你们电视台哪条规矩说综艺导演不能客串MV了？我说行就行，我问问金北时间安排，提前告诉你，你请个假，就完全搞定了！”

“喂……”

徐晚乔的话还没有说完，许轻樱已经拿着手机冲出了房间。

“还是那副急性子。”他摇摇头，继续摆弄电脑，心里却非常满意。

很多时候，情敌在萌芽阶段就要毫不留情地扼杀，当然，如果是轻樱亲手扼杀的那就更好了。

许轻樱心里没有徐晚乔这么多弯弯绕绕，她只想尽快摆脱杜墨这个大麻烦。她迅速行动，打电话把自己的想法告诉了金北，没想到竟然获得了金北的称赞：“可以啊，刚好男二的角色跟你有感情戏，如果是徐晚乔，估计你们拍摄会更加自然。而且徐晚乔的长相、身份摆在那里，相信其他人也不会有意见。”

哈哈哈，我就知道我是个天才！

许轻樱高兴得眉毛都要跳舞了。

金北紧接着又告诉了她一个好消息，Jackson不知道用什么办法管住了杜墨，所以MV的拍摄还是按原计划来。

一想到不用跟杜墨对戏，许轻樱恨不得在地上打几个滚来庆祝。

挂了电话她就一阵风般跑到了徐晚乔面前：“哈哈哈，金北告诉我MV剧本不用改了，你也可以出演了，简直完美！”

“你就这么希望我出演啊？就不怕别人觊觎你男朋友啊？我可是记得某人因为团员对我献殷勤吃了好久的醋。”

“谁吃醋了？”许轻樱的脸变得红扑扑的，“我这叫资源共享！你这张脸只给我一个人看太可惜了，所以我决定造福广大女性，让她们都看看，当然也只能看看，反正还是我的，看得见摸不到！”

许轻樱，你这么欠揍，你的队员们知道吗？

2.

尚都公园的角落里栽种着一大片木芙蓉，微风吹过，花瓣颤巍巍地跟着摆动，仿佛是少女羞涩地问好。各种各样的颜色更像是少女多彩的衣裙，显得无比明媚可爱。

秋元公司暂时租下了这片木芙蓉林用来拍摄MV。林边搭着两个简易的帐篷，粉色的供成员们换装和化妆用，而另一个则一直静悄悄地等待着它的主人。

工作人员忙碌地确认着现场的位置，造型师则围着成员们在换装和化妆。

因为这次的主题跟秋天有关，所以这次的服装概念也跟秋天有关，她们的身上或多或少都有些粉色的木芙蓉做装饰。

“别挤，你过去一点。”

“轻樱，你这个大笨蛋，你拿错衣服了，这套是我的！”

“怪不得这么短，也只有彭芃你才能穿上。”

……

帐篷里用一块遮光帘隔出一个小房间，许轻樱和彭芃还有一些成员正在换衣服。许轻樱看了看手上裙摆上贴满了粉色木芙蓉的白色连衣裙，又看了看前面已经穿好衣服的彭芃。彭芃白色连衣裙的一字领上同样贴着几朵木芙蓉，显得妩媚又可爱。她再看了看苏妙娜，苏妙娜的长袖蕾丝裙袖口上也有几朵粉色木芙蓉。

“这……是不是有点浮夸啊？”许轻樱小声说。

“就你废话多，快换上。”说着，彭芃凑过来小声跟她八卦，“说是杜墨还没有过来，所以我们还得等一会儿。不过我们还要带妆彩排你可别忘了，还有你家的徐晚乔也在外面等着呢。”

许轻樱听话地换上了衣服，结果刚走出小隔间，造型师姐姐就奔过来，在她脑袋上扣上了一个由各色木芙蓉编成的花环，许轻樱觉得自己像是被套上了紧箍咒的孙猴子。

好吧，其实还挺好看的，尤其是走出去后还看到了徐晚乔惊艳的目光，她不得不承认造型师姐姐的眼光要比自己好很多。

不远处的徐晚乔穿着黑色皮质卫衣，搭配浅蓝色休闲牛仔裤和白色板鞋，显得轻松又活泼。他的刘海用发胶全部梳上去，露出了漂亮饱满的额头，这让他的五官更加立体，那双洒满星光的眼睛在看见许轻樱的一刹那光芒绽放，看得许轻樱都有些不好意思了。

“没想到你这么一打扮，像是变了个人似的。”他走过来夸张地围着许轻樱转了转，在看到她离膝盖五厘米的裙摆时，语气有些不满地说，“你不觉得这裙子太短了吗？”

“就说你不懂，这是裙裤。”许轻樱一边说一边抬起腿，让他看裙子下面的短裤，“这是舞台装好不好，穿着裙子跳舞很容易走光的，被拍到就完了！”

徐晚乔摸了摸鼻子，有些不好意思：“好好好，但是到底什么时候开拍？”

“你们是在等本少爷吗？”杜墨的声音远远传来，仍然是保镖和Jackson开道，连他的影子都没有看见。

Jackson直接从许轻樱和徐晚乔中间挤过去，许轻樱向旁边踉跄了几步才站稳。

杜墨迈着长腿从她身边走过，路过她时还特意拉下墨镜，对着她眨了眨眼睛。

喂喂喂，你是嫌弃我活得太好，现场给我招黑吗？

许轻樱赶紧闪到一边，像只鸵鸟一样躲开了这浩浩荡荡的队伍。

跟杜墨多次合作过的人都已经见怪不怪了，等杜墨跨进了他的独立帐篷，现场的人继续忙碌。

过了一会儿，Jackson从帐篷里面走了出来，看见许轻樱还站在外面，直接瞪了她一眼，然后用尖细的声音说：“我们杜墨这次只有两个小时的时间，所以大家动作迅速一点，不要耽误我们接下来的行程。”说完，他翘着兰花指又回到了帐篷里。

许轻樱一边给徐晚乔发剧本，一边悄悄地吐了吐舌头，大牌了不起哦！

杜墨在自己的私人帐篷里一直待到导演开始讲戏，这倒是让许轻樱松了一口气，她可不想跟杜墨打照面。

导演讲完了戏，正式开拍。

剧情其实很简单，男主角在木芙蓉林里等待女主角，看到路过的女二和男二的笑容，想起了跟女主角的点点滴滴。

现场的人都不是外行，先不说杜墨拍了那么多场戏，许轻樱和苏妙娜也早拍过广告，而徐晚乔的专业就是编导，对现场的把控更是一流。

本来以为一遍就能搞定的镜头，生生被杜墨的临场发挥弄得乱七八糟。

“Cut！杜墨你看的应该是女一，不是隔着花丛的女二！”

“Cut！杜墨你要看着女一笑，不是一直盯着做背景的女二好不好？”

“Cut！杜墨你对面是你剧里的女朋友，不是欠了你钱的人啊！”

……

随着一声声暂停，MV导演也从刚开始的兴奋到无奈再到现在的强行压抑怒火。

Jackson看情况不对，只好说："导演，要不先休息一下吧？我们杜墨刚刚试镜回来，可能还没有从上一个角色里走出来，让我们再调整调整。"

导演点头答应。

一直充当背景的许轻樱和徐晚乔终于能休息了。许轻樱不客气地喝着徐晚乔递过来的水，小声跟他八卦："不是说杜墨演技很好吗？之前跟他拍广告的时候他可不是这个水平！"

徐晚乔看了看许轻樱，他可不想点醒这个小傻瓜，只是摸了摸她的头："冷吗？虽然有阳光，但还是有点风，要不要先回帐篷坐一坐？"

"算了，待机的成员都在外面呢，我一个人进去不好。再说了，我身体这么好怎么会冷。只是可怜了苏妙娜……"

她望过去，见苏妙娜面无表情地站在一边，从头到尾都没有说过话。也是，任凭谁遇到这样的男搭档，估计都没有心情再对戏了。

"瞎担心什么？"徐晚乔敲了她一下，指了指正朝苏妙娜走过去的彭芃，"有彭芃在，不会出问题的。"

不知道彭芃跟苏妙娜说了什么，苏妙娜虽然脸上还是没有表情，但眼神还是柔和了一些，不时随着彭芃的话点点头。

好不容易等杜墨跟Jackson从帐篷里出来，他的情绪似乎已经恢复了正常，拍摄相对来说也顺利了一点。

许轻樱有些高兴，因为徐晚乔答应，结束早的话带她去吃好吃的。

可是明显她高兴得太早，因为等到拍摄杜墨盯着女二和男二看的戏份时，本应该站在那里的杜墨居然直直地朝他们走来。

喂，这到底是什么情况？许轻樱忍不住扯了扯身边的徐晚乔。

徐晚乔非常淡定，轻松地把她的手一把抓住，十指相扣。

这又是什么情况？

许轻樱想抽出手，却被徐晚乔牢牢抓住。

而苏妙娜看到男主角走过去，也不得不硬着头皮跟了过来。

杜墨的目光落在面前两人十指相扣的手上，随后又落到徐晚乔的脸上，轻哼了一声。

徐晚乔没有回应，只是盯着杜墨。

两人对视的样子，让旁边的许轻樱看傻了眼。

为什么她感觉……似乎有电流在他们之间窜动啊？

许轻樱用眼神示意苏妙娜，哪知道苏妙娜根本没理她，反而一直用忧郁的眼神看着身边的杜墨。

这是全部人都在戏里，只有自己在戏外吗？许轻樱有些无奈，却又不能直接去看导演，毕竟导演并没有喊停。

所以，接下来该怎么办？就这样像木头人一样站着？

许轻樱的表情有些无措，只能干巴巴地站在一边。

不知道过去了多久，等导演好不容易喊停时，许轻樱只觉得云里雾里。

而导演大手一挥，让他们去休息，这让她更是有些摸不着头脑。

“就这么……拍完了？”

“是的是的，你都问了好几遍了。”苏妙娜有些不耐烦，要不是徐晚乔在身边，她一定狠狠翻一个白眼。

“那我们刚刚到底演了些什么啊？”

“喀喀。”顾及到徐晚乔扫过来的目光，苏妙娜没法给这个好奇宝宝说明白，只能含糊地说，“就是现在网上很红的一种趋向，很多女生都很喜欢的……哎呀，你这么好奇，怎么不去问彭芃，彭芃什么都知道！”

徐晚乔红着脸拉住了许轻樱，要真是让她再问一遍，自己就丢面子丢大了！

“算了，反正导演满意就好了。而且我不是答应带你去吃好吃的吗？那家新开的火锅店是正宗的重庆火锅，九宫格的红汤辣子，最适合天冷的时候吃了……”

随着他的描述，许轻樱只觉得自己的味蕾在不断分泌唾液，只想现在就去吃火锅！

在许轻樱带着对火锅的向往时，剩下的拍摄居然一次也没有中断就拍完了。

等导演满意地表示收工的时候，旁边的彭芃疑惑地问轻樱怎么这么高兴。她兴奋地把吃火锅的事告诉了彭芃，结果去吃火锅的人又多了一个，随后彭芃又把苏妙娜也叫了过来。

其他成员看她们三人嘀嘀咕咕，睁大眼睛直勾勾地盯着她们。许轻樱觉得不好意思，便说了出来，这下又有很多人报名要去吃。

“轻樱姐姐带上我好不好？我吃得很少的。”

“是呀是呀，我吃得也不多，也不挑食，一起嘛。”

“说起来，好久没有跟你们吃饭了，队长一定不嫌弃我们的，对吧？”

看着大家眨着眼睛集体卖萌，许轻樱有些为难地看了看徐晚乔，看他点了点头这才欢快地答应下来。

突然，补完单独镜头路过的杜墨出声询问：“你们要聚餐吗？算我一个呀！”

“啊……”许轻樱的嘴角一下耷拉下去。

“连徐导演都参加了，难道我不能参加吗？”杜墨故意做出生气的样子，“放心好了，只有我一个人，这次不带Jackson。”

“啊……”

那更不好吧，连个可以制住你的人都没有！

“彭芃，你就答应吧，我看杜墨还是很想参加的。”徐晚乔走了过来，算是点头答应了，只是眼神不是很友善。

好吧，虽然两个帅哥很养眼，他们互相对视也很养眼，可是为什么感觉越来越冷了呢？

“轻樱，我有点冷，要不……”

彭芃想临阵逃脱，却被轻樱拉住，许轻樱咬着牙说：“事情闹大了就想跑？今天不论发生什么，我们都要一起。”

说完，许轻樱一不做二不休，直接招呼大家赶紧上保姆车。等Jackson跟导演联络完感情检查过镜头出来，杜墨早就不见了踪影。

到了常去的火锅店，许轻樱跟着徐晚乔去开了个包间，并交代老板不要声张后，回到包间却发现杜墨像主人一样坐在主位上正招呼着其他成员吃饭。看见许轻樱进来，他还特地拍了拍身边的空位，说：“轻樱快来，这是特意留给你的！”

许轻樱尴尬地笑了笑，看了看徐晚乔，自觉溜到了彭芃身边。

徐晚乔不客气地走过去坐在杜墨身边：“如果你不嫌弃，我就只好坐在这儿了。”

“呵，徐导演都这么说了，我还能赶你走不成？”

“那是，毕竟吃着我请客的饭，赶我走也不现实。”

“既然你都这么说了，那我这个被请客的人要敬酒表示表示了。”

“来就来！”

……

看着这两个人幼稚地开始拼酒，彭芃忍不住伸手拉了拉许轻樱：“你不过去劝劝？”

“有什么好劝的，幼稚！”许轻樱轻轻说道，视线转过来盯着面前热气腾腾的火锅，“两个人都这么大了，都有分寸的，别担心了。哎呀，我刚下的牛肉熟了，彭芃，快吃！”

既然连她都不在意，自己瞎操什么心？彭芃摇了摇头，起身也加入了抢牛肉的大军。

等大家吃完，彭芃叫来Jackson把杜墨悄悄带回去，许轻樱在金北的帮助下好不容易也把徐晚乔弄回了家。

喝醉酒的徐晚乔一点也不闹，乖乖地按照别人说的做，除了瞳孔有些涣散，看上去跟正常人差不多。

“大笨蛋，居然喝这么多酒。”轻樱小声说道。

徐晚乔眨巴着眼睛看着她，没有说话。

许轻樱已经很久没看过这样的徐晚乔了，小时候的他也是这样乖巧听话，看上去就像个洋娃娃一样，只是越长大越像个腹黑少年，最后长成了现在这种霸道的样子。

“徐晚乔，告诉我，这个世界上你最喜欢谁呀？”许轻樱故意逗他。

“许轻樱。”

听到意料之中的名字，许轻樱只觉得心里一甜。

“为什么喜欢她呀？”

“没有我保护，轻樱会受伤。”

我有那么笨吗？许轻樱忍不住捏了捏他的脸：“才不是，徐晚乔你太自恋了！”

“是真的，轻樱有时候很笨的，被误会不会解释，被拍到不好的视频也不说，还要我发帖子扭转风向。”徐晚乔一本正经地解释着。

许轻樱想起当初在课堂上睡觉被拍，结果好像是有个人说这是她的可爱之处，才让风向转变的……

“那个人是你？”许轻樱有些吃惊。

徐晚乔点了点头：“不是我还是谁？只有轻樱猜不出来。”

你就是这样默默保护着我的吗？许轻樱有些感动。

眼前的人慢慢闭上眼睛睡着了，许轻樱却陷入了自己的思绪里。

似乎从有记忆开始，他就一直陪在她身边，闯祸、害怕，甚至恐惧等各种情形下，都是他带着她去面对。好像一直有一双温暖的手，牵着她、引导她，一起走过一个又一个困难。似乎在不知不觉中，两人的生命已经交织在一起，变成了一首完美和谐的奏鸣曲。

许轻樱忍不住低下头，亲了亲他的脸。

徐晚乔，何其有幸遇见你，你果然是我生命中不能分离的部分。

3.

冬天的脚步慢慢靠近，原本温柔的风已经变得有些凛冽，刮在身上还有些刺疼，不少人已经戴上了口罩。

尚都市的步行街中央，原本竞争激烈的唱片行因为这些年的网络冲击已经有些门庭冷落，很少有人会再停留甚至走进去。

可是，今天唱片行的玻璃门上贴满了Pinkgirls最新的MV，粉色木芙蓉花海里，一群漂亮的女生穿着白底木芙蓉花裙，正围成一圈对着镜头笑得格外灿烂。正中央的许轻樱戴着粉色木芙蓉花环，衬得她的脸小巧精致，甜美的笑容让人觉得心情都跟着轻松起来。

正因如此，原本冷清的店面今天却格外热闹，许多年轻人戴着口罩站在风中排着队，只是为了能早点买到这张新专辑。

长长的队伍吸引了很多路人的目光，有些甚至忍不住走到附近去看看，打探究竟是哪个歌手这么厉害。

最高兴的绝对是店老板，戴眼镜的小胡子老板高兴地举起喇叭，声音里透着欣喜："大家排好队，十点一到，我们就开卖了，大家再等几分钟！十点半的时候，MV也会同步播出，请大家拭目以待！"

也许是等待的时间有点长，前后的人居然已经聊开了。

"嘿，看你拿着苏妙娜的卡片，你是她的粉丝吗？"

"是啊是啊，我最喜欢苏妙娜了，上一张专辑我花了好多工夫才收集到她的卡片。你呢？"

"我是彭芃的粉丝。队长大人的蝴蝶结实在是太可爱啦。"

"哈哈哈，因为她不管站在哪里都是个坑啊，谁让周围的人都比她高呢。"

"喂喂喂，这话可不能让队长大人听见，会哭的。"

……

粉丝们的议论让现场显得有些嘈杂。而离这个唱片行不远的地方，徐晚乔正一脸无奈地看着旁边的人。

故意压低的黑色棒球帽和大大的黑色墨镜遮住了大半张脸，白色的一次性口罩把整张脸都挡得严严实实。

可是黑色的天鹅绒瑜伽服外加这奇怪的打扮，大白天走在路上不是更加显眼吗？许轻樱，你这个笨蛋！徐晚乔暗暗吐槽。

棒球帽和口罩中间露出来的两只大眼睛正滴溜溜转，好像在观察现场的情况。

“怎么样怎么样？人是不是很多？我看见都到拐角了还有人在排队！”许轻樱有些兴奋，抓着徐晚乔的袖子舍不得松开。

徐晚乔拍了拍她的头：“你给我安静点，再大声别人就会发现了。”

“嘘嘘嘘，小声点。”许轻樱扭头避开他的手，“不如我们走近一点去看看好不好？我现在这个样子他们肯定认不出来。”

她一边说一边扯着他往唱片行的方向走。

刚到十点，队伍就像一条长龙一样慢慢挪动起来。等待的人都很兴奋，毕竟这次的专辑除了有唱片，之前官方已经有了新的宣传方式——每张唱片里都有一张签售会入场券。也就是说，只要买到这张专辑，就有机会去现场见到偶像并得到亲笔签名。

亲眼看到粉丝这么踊跃，许轻樱真的相当高兴，这证明了她们团队红火的人气。

“大小姐，亲眼看见你总可以放心了吧？我们快回去吧。”

“等会儿。”许轻樱看了看手表，“MV马上就要播出了，我想看看他们的反应。”

“你什么时候变成你们公司的宣传了，连这种事情也要管？”

“哎呀，直接看见总比间接数据强吧，而且我还可以拍一些照片回去给彭芃参考。万一他们不喜欢这次的造型呢？总得提前有个心理准备吧。”

“真是败给你了。快走快走。”徐晚乔一边嫌弃一边拉着许轻樱走，终于找到一个既能看见LED屏幕又不是很显眼的位置。

十点半一到，LED屏就亮了起来，《青春时代》四个大字出现在屏幕上。

现场响起一阵欢呼声。

漂亮的木芙蓉花丛里，穿着裙子的少女带着笑容奔跑过来，欢快地跳起了舞蹈，搭配上快节奏的歌曲，显得青春又活泼。中间还穿插着杜墨和徐晚乔帅气的脸，仿佛这是一场少男少女的狂欢。

三分钟很短，当MV结束时，粉丝们忍不住鼓起掌来，欢呼声和口哨声让现场热闹非常。

看完全场的许轻樱开心极了，她就像只骄傲的天鹅一样扬起了下巴：“走吧！”

因为现场看到了粉丝们的热情确定了组合的人气，许轻樱对第二天的签售充满了信心。

人来人往的黄金洲上，此时已经搭建好了一个巨大的帐篷，帐篷里用白色的布隔成了十六个小隔间，确保每个成员都能有一个相对独立的空间，现在她们已经在小隔间里坐好。

透过白布能隐约看到隔壁的成员，既有安全感又有私密感。

许轻樱穿着那身白底木芙蓉花裙坐在中间，左边是照旧扎着蝴蝶结的彭芃，右边是戴着木芙蓉手环的苏妙娜。

许轻樱有些紧张，因为这是她出道后第一次跟粉丝如此近距离接触，她不知道该怎么做才能让粉丝迅速喜欢上自己。

“呼——”

她轻轻呼出一口气，努力让自己快跳出喉咙的心能跳得慢一些。

随着《青春时代》的歌声响起，签售会开始了。

她忍不住向左边看过去，只能看见模糊的影子。

很快，第一个粉丝就走到了彭芃的隔间里。许轻樱听不清楚他们在说什么，却隐约看见彭芃头上的蝴蝶结在前后晃动，应该是聊得很开心吧？

等他终于走过来时，轻樱终于看到了他的样子。是个男生，戴着大大的圆框眼镜，白净的脸上挂着一丝腼腆的微笑，双手捧着她们的新专辑。他把专辑递到了许轻樱面前：“轻樱，我好喜欢你。”

许轻樱努力对着他笑了笑，笑容却有些僵硬：“谢谢你对我的喜欢。”

说着她低下头，努力控制住自己的手，在专辑上签上了自己的名字，然后双手递过去还给了男生。他对着轻樱比了个“加油”的姿势，走向了苏妙娜的隔间。

许轻樱还没来得及窃喜，下一个粉丝已经走了过来。许轻樱努力摆出最好看的笑容，明媚地看着眼前的人。

“你真人看上去更好看啊！”

“轻樱你太瘦了，要多吃点饭啊！”

“这次的造型很好看，简直就像花仙子一样。”

……

有些粉丝会跟她说几句家常话，有的则会关心她们的专辑，绝大多数粉丝都是善意的，这让许轻樱原本还有些不安的心也迅速安定下来。

正当她准备接过下一个人的专辑时，却发现面前挺着大肚腩的中年大叔并没有把专辑递给自己，反而冷漠地看了她一眼后直接去了苏妙娜的隔间。

许轻樱的手还尴尬地举在半空里，随后，她不得不悻悻地收回。尽管后面的人迅速上来缓解了尴尬，但许轻樱这也是第一次明确地知道，真的有粉丝不喜欢自己。

这种情况还只是开始。

“你根本比不上苏妙娜，凭什么站在中心的位置？”

“你不回来多好，苏妙娜比你好看一百倍。”

“就凭你也想当Pinkgirls的门面？是有后台吧？”

……

在善意的鼓励中夹杂着的一句句侮辱像是发酵的酒，让许轻樱的心也跟着不好受，原来真的有粉丝不喜欢她这个门面。

可是她不能表现出来，只能强忍着难过，努力对这些说她不好的人露出微笑，机械地回答：“谢谢你的批评，我会加油。”

可是真的加油就好了吗？

原来直面这些比想象的更加让人难过。

整整三个小时后，这场签售会才结束。许轻樱揉了揉已经笑僵的嘴角，又甩了甩签名签得抽筋的手，却一点也没有抱怨，毕竟这样近距离地了解粉丝想法的机会非常难得。

“好了，既然签售会结束了，我们就先回公司吧。”金北一边说着一边目光复杂地看了许轻樱一眼，然后把彭芃拉到一边说话。

不知道金北跟彭芃说了什么，从进公司开始，彭芃就一直待在许轻樱身边没有离开。

“彭芃，你今天怎么这么缠人？”许轻樱确信自己没有把不好的情绪带回来，看着跟平时完全不一样的队长，有些受不了。

“因为想陪着你啊！”彭芃俏皮地对她笑了笑。

许轻樱看着彭芃的笑容，有些不安，不过她很快就知道了彭芃反常的原因。

“总决选？那是什么？”漂亮的玻璃会议室里，当金北说出临时决定时，许轻樱有些难以置信地问出了声。

“是这样的，今天粉丝签售下台后，我们做调查稍微问了些问题，公司发现最大的关注点还是在门面身上。”金北的目光在许轻樱和苏妙娜身上转了转，“因为门面的位置非常重要。既然粉丝有自己的想法，那么我们这次就让粉丝完全做主。我们举行总决选，完全按粉丝的投票来决定门面人选。”

金北的话一出口，成员们都有些跃跃欲试：“是谁都有机会吗？还是只在特定的人中间选？”

“公司说了，完全看人气，也就是看粉丝的投票。”

所以，这是关于门面的竞争吗？也是对现在的门面不满意的表现？

许轻樱心里涌起一股失落。可是连她自己也不得不承认，一开始自己确实没有做好门面该做的事情。

一刹那，所有人的目光都集中在苏妙娜和许轻樱身上。

“我同意。”苏妙娜突然开口，眼睛也看向了许轻樱，仿佛在等着她点头。

“我也同意。”许轻樱轻轻拍了拍彭芃的手，又对她微笑了一下。

既然已经回来，我绝不会轻易放弃。许轻樱想着，又看了苏妙娜一眼。

属于我的位置，怎么可能拱手让人？

第十章

你是最长情的告白

1.

已经进入冬天的尚都市再没有之前的温柔，寒冷的风呼呼地刮着，白天的时间似乎被无限缩短，寒冷又被无限放大，让人懒洋洋的一点都不想动弹。

凌晨三点，摄影棚里，许轻樱正跟彭芃头抵着头，靠在后台的角落想稍微休息一下。

等苏妙娜的个人镜头补完，她们还要再录制全场游戏，所以现在只能仰着头一边让造型师补妆一边休息。

明明是寒冷的冬日，摄影棚里却因为常年开着的照明灯、反光灯和各种摄像机的运转而显得热气十足。许轻樱她们只穿着薄薄的碎花连衣裙，却一点都不觉得冷，反而因为空气过于沉闷有些闷热。

“好了，苏妙娜录完你们该上去了。”金北从那一头挤过来，拍了拍两个好像在梦里的人，“总决选马上就要开始了，行程能多参加就多参加，毕竟多在电视上出现对你们来说只有好处没有坏处。”

真的是这样吗？

许轻樱有些怀疑，从前天凌晨三点睁眼，到现在已经超过四十八小时了，她还没有睡过觉。金北似乎把这次总决选看得特别重，所以在原本定好的行程外又加了很多行程，彻底打乱了原来的行程表。而成员多的好处，这时候显现出来了——同时参加好几档节目也没有压力。

“这个录影结束后是什么安排？”许轻樱打着哈欠问面前的金北。

金北翻看手机后说：“四点有安琪介绍的杂志拍摄，指明要轻樱一个人参加，其他人可以先休息；六点有早间电台直播，需要轻樱、彭芃、妙娜和莫莫做代表去聊聊我们的新专辑，大概两个小时；八点半杜墨的访谈节目请了轻樱和彭芃当客串嘉宾，聊聊师妹和搭档眼中的师兄；十二点我们的签售会需要全员到齐，这次比之前的规模都要大，可能会持续四五个小时；晚上轻樱和妙娜有一个跟前辈一起参加的综艺节目，录制完大家就可以回家休息了。”

如果没有听错的话，这个行程安排，我是要从头跟到尾吧？许轻樱想着，有些不敢相信，她已经好久没有安心睡过觉了。

金北也知道这个行程有些勉强，开导道：“轻樱，你回来没多久，之前流失的粉丝也比较多，如果不保持曝光率的话，很有可能人气一直不会回温……”

这个道理她自己怎么会不知道？既然已经决定要守护好自己的位置，她自然不会退缩。

许轻樱扬起头，妆容精致的脸上露出一丝微笑：“我明白的，你不用为我担心，这些行程我都会尽力的。”

“要的就是你这句话！不过你也不用勉强，反正每个行程都有人跟你一起，如果实在撑不下去就让旁边的成员帮帮你。”

许轻樱乖巧地点了点头。

金北这才满意，推着她和彭芃上了台。

台上刚刚补完个人镜头的苏妙娜根本看不出一点熬夜的迹象，甚至连妆都没有花，细腻白皙的脸上，漂亮的眼睛此刻弯成月牙儿，让人看着就想跟她一起笑起来。

转身看到许轻樱和彭芃，苏妙娜没有往后退，只是微微移开给她们俩空出一个位置。

这是在表明态度不后退啊！许轻樱忍不住想，谁怕谁！反正结束今天的行程还是可以休息的，所以——

许轻樱，加油吧！

晚上。

“欢迎大家来到《治愈大本营》！今天我们不仅邀请了当红的Pinkgirls组合成员，也邀请了已经出道二十多年的国民前辈金铭敏。请她们来给我们打个招呼！”

“大家好，我们是Pinkgirls！”许轻樱扬起快乐的笑脸，和苏妙娜一起跟大家打招呼。

然后她们依次开口。

“大家好，我是Pinkgirls的现任门面担当许轻樱，请大家多多指教。”

“大家好，我是Pinkgirls的活力担当苏妙娜，朋友们都喜欢叫我妙妙。”

两人明朗的笑容像是吹进摄影棚的一股清新空气，主持人看到都忍不住笑了起来：“不愧是冉冉上升的新星啊，怪不得有那么多朋友喜欢你们。”

“哈哈，我们马上就要总决选了，如果喜欢我们，到时候记得为我们加油哦！”苏妙娜俏皮地接了一句话，让现场也跟着响起一阵笑声。

好不容易介绍完，许轻樱跟苏妙娜被主持人安排到了稍微靠后的座位。两人这一段的录制暂时结束。

坐在后排的许轻樱忍不住肩膀一垮，好像体内的那股元气也跟着跑掉了。看了看旁边仍然神采奕奕的苏妙娜，许轻樱开始觉得头晕。

将近三天的不停运转让许轻樱的脑袋有些混沌，头上刺眼的灯光直射她的眼睛，像是细小的针插进她的眼睛里，明明又干又涩，却死活挤不出眼泪来润一润。

如果现在面前有张床就好了。不需要家里那种白色的公主床，只要是简单的、可以躺下的床，哪怕只是榻榻米，她都可以接受……只要能让她躺一躺，把已经有些僵硬的身体放松一下……

“许轻樱！”不大不小的声音像炸雷一般劈开了许轻樱有些混沌的脑袋，让她有些失神的眼睛不得不聚焦，终于看清了旁边苏妙娜有些着急的脸，“别睡！等这个行程结束，我们就能回家了，你给我挺住！”

“可是，妙娜，我真的好累，我已经快三天没有闭过眼睛了……”

“你给我挺住！今天金铭敏前辈也来了，你要是还想在娱乐圈混下去就给我睁开眼睛！前辈是出了名的严厉，发现你不在状态，一点面子都不会给你留！”

金铭敏前辈的名声，她们都有耳闻，据说早些年曾经有人在跟前辈录节目时露出无聊的表情被她看见了，她二话不说就当着所有人的面教育了对方一顿，之后很多电视台都不跟那人合作了，原本很有前途的一个人就这么毁掉了。每次金北都会把这位前辈的事情拿出来当例子，告诫她们上节目一定要注意。

许轻樱耳朵里听着，思维却已经有些混沌。

本来她就很喜欢睡觉，这么长时间没睡觉身体早就受不了了。要不是在别人看不见的地方狠狠掐过自己很多次，说不定她现在已经坐在这里睡着了。

“许轻樱，你给我清醒点。”看她还是一副半死不活的样子，苏妙娜不知道从哪里摸出一颗糖，不由分说地塞进了她的嘴巴里。

一股薄荷的凉气迅速在嘴里蔓延，然后顺着鼻腔往上爬，不到三秒钟，许轻樱就觉得头顶被这股凉气冲开，仿佛连头发都被冻得立起来了！

她忍不住挣扎起来，却被苏妙娜死死捂住嘴。苏妙娜小声说：“忍一忍，忍一忍，等这股气过去，你马上就清醒了！”

苏妙娜，你不会是因为我想跟你争门面就这么“算计”我吧？我只是想清醒，不想被虐待啊！

可是她怎么也挣脱不开，只能任由那股凉气从头顶又流回太阳穴，整个身子都跟着抖了抖。

看了看许轻樱的表情，苏妙娜确认已经达到效果才慢慢放开手，对旁边一脸惊讶地看着她们的其他嘉宾笑了笑：“哈哈，我们闹着玩呢，之前在练习室也经常这样。”

有这么闹着玩的吗？许轻樱此刻只能用眼睛盯着苏妙娜来表达自己的愤怒，现在她不想睡觉了，只想跟苏妙娜“近距离搏斗”！

“好了，准备下一场！”

执行导演的声音传来，许轻樱不得不重新露出微笑。苏妙娜也扬起了标志性的微笑，小声说：“不用谢。”

许轻樱的内心满是悲愤。

原本以为只有一个半小时的录制，因为金铭敏前辈的严格，生生拖了两个小时还没有完成。

被苏妙娜强行喂下的薄荷糖的效果已经随着时间的流逝渐渐消失，被强行压下去的瞌睡虫又慢慢从身体深处爬了出来，一点一点爬进许轻樱的眼睛，然后进入她的脑袋，让她原本就不是很清醒的神经更加脆弱。

她抬起头看了看前排正严肃地跟导演说着什么的金铭敏前辈，又瞟了瞟旁边正低头看台本的苏妙娜。尽管理智在告诉她要坚持，可是眼皮已经慢慢地合上了。

一会儿，一会儿就好。她终于可以暂时结束连续六十多个小时的工作，稍微休息一会儿。等会儿摄像机一亮起，她保证一定会醒来！

周围的声音从她的耳边飘过，却怎么也飘不进她的耳朵里。明明意识还算清醒，她的眼睛却怎么也睁不开。

“那么这件事，我们听听Pinkgirls的意见。”

“轻樱，许轻樱？”

是谁，是谁在喊她的名字？

“许轻樱！”

严肃的声音终于飘进了她的耳朵，一只手掐住了她腰上的肉，让她在疼痛中不得不清醒。她迷糊地睁开眼睛望了望让她痛苦的人——苏妙娜一边保持着得体的微笑，一边用眼神示意她往前看。

等她顺着苏妙娜的视线看过去时——

穿着黑色绸面连衣裙的金铭敏前辈正站在她面前。细长的眉、服帖的白色粉底、涂着大红色口红的红唇——精致的妆容让她看上去气场强大。

而此刻，她细长的眉正微微皱起，漂亮的嘴唇也微微抿着，一切都显示出她此刻心情不好。

“前辈，您说什么？”许轻樱心里一紧，看到镜头扫过来，不得不硬着头皮发问，希望她能饶自己这一回。

“你是Pinkgirls的门面吧？上节目打瞌睡，这就是你们Pinkgirls的态度吗？就这样还来参加节目，实在是太不尊重人了，这个节目不录也罢。”说完，没等众人反应过来，金铭敏就率先下了台。

许轻樱赶紧站起来追了几步，却根本追不上，只能手足无措地站在那里。

台下的导演一边阻拦一边说着好话请金铭敏不要离开，但她并没有停下脚步。

无数目光瞬间集中到了许轻樱身上，有责备、有不满，也有害怕，却没有一个人走过来安慰她。

完了！

许轻樱脑海中只有这一个想法。

2.

“Pinkgirls节目录制中睡着？当红女团的傲慢！”

“金铭敏暴怒！Pinkgirls做了什么惹怒前辈？”

“《治愈大本营》再上头条，金铭敏和Pinkgirls到底发生了什么？”

……

网络时代，上一秒发生的事情下一秒可能就上了头条。

许轻樱浑浑噩噩地结束了这场录制回到家，刚刚发生的事情已经上了娱乐版头条新闻，甚至连“Pinkgirls许轻樱”都已经上了微博热搜榜。

之前无处不在的瞌睡虫已经消失得干干净净，许轻樱不知道此刻的自己该是什么反应，只是一直忘不了金北离开时复杂的眼神，还有他留下的一句话：“轻樱，你好好休息，今天发生的一切公司会处理。”

真的能处理好吗？

为什么自己就那么不争气地睡着了呢？

怎么能无措地站在那里看着前辈离开呢？

如果时间可以倒流，她一定要回到那个时候，哪怕用针扎自己也要保持清醒，这样就不会有后面那么多乱七八糟的事情了。

许轻樱忍不住把头埋进了枕头里。

怎么办？怎么办？怎么办？难道她要眼睁睁看着Pinkgirls被自己连累吗？

可是她没有金铭敏前辈的联系方式，根本就联络不到对方！

就在她沮丧的时候，一只手突然伸过来掀开了枕头：“你这是做错了事打算把自己捂死吗？”

一听到这个声音，许轻樱立马从床上蹦了起来。她一转身直接扑进了徐晚乔怀里，有些谄媚地说：“徐导演，徐导演，小女子有事相求！”

“是想要金铭敏前辈的联系方式吗？”

“徐晚乔，你简直太聪明了！那么，你知道吗？”

“我不知道——不过，我已经找同事联系过了，拖他的福，金铭敏前辈明天上午十点给你留了半个小时的时间，看你的了。”

“遵命！”

许轻樱感激地看着徐晚乔。还好有哆啦A梦一般的徐晚乔在。

很多时候，我们都以为有志者事竟成，却没想到生活有时候会突然抽风，给你一个大巴掌，打醒你被鸡汤毒害过的美梦。

“快来，前辈在六号休息室。”

收到徐晚乔的短信后，许轻樱告诉了金北一声，连舞台装都没脱就赶了过来。

徐晚乔已经站在门边等她，她轻轻敲了几下门，在获得里面人的允许后走了进去。

休息室里只有金铭敏前辈一个人。她仍然穿着标志性的黑色连衣裙，这次雪纺裙摆上绣满了红色玫瑰花，显得端庄又高贵。可是哪怕听见开门声知道有人进来，她也没有抬头，仍然皱着眉翻剧本，只当面前的人不存在。

徐晚乔自动在门边停下，许轻樱快速走到了她面前。

“前辈您好，我是Pinkgirls的许轻樱，我们昨天录节目的时候刚刚见过。”许轻樱硬着头皮上前搭话，可是金铭敏前辈并没有搭理她。

“我知道昨天自己犯了很大的错误，今天是特地来跟前辈道歉的。我不知道……”

许轻樱的话还没有说完，刚刚还低垂着眼帘的金铭敏前辈突然抬起头，上下打量起眼前这个扎着双马尾、穿着白色木芙蓉裙子的女孩来。

橘色的腮红、桃色的眼影，还有淡橘色的嘴唇，一看就是刚刚从台上下来连舞台妆都没来得及卸掉。

她眨着大眼睛，双手紧握放在身前，一看就很拘谨。

“不知道就可以解释一切吗？你既然选择了进入这个行业，自然就要有基本的职业道德。你是很多粉丝的偶像，你的一言一行都会对他们产生影响，而你昨天的行为如果播出去，一定会造成恶劣的影响。”

许轻樱低着头听着训话，一句回嘴的话都不敢说。不管怎么样，确实都是她的错。

“是我错了，害得前辈没有录制的心情，影响了整个节目的录制，请前辈原谅。”许轻樱退后两步，一弯腰行了个九十度的大礼。

但面前的人只是笑了笑，说：“许轻樱是吧？你还年轻，所以有无数可能。但一场节目不仅仅是我，还有很多工作人员的心血。所以要道歉，光跟我一个人说是没有用的，你要是能取得在场所有人员的原谅，那我就正式原谅你。”

“前辈！”一直站在角落没有出声的徐晚乔着急地走了过来，一把抓住了许轻樱的手，“前辈，我知道轻樱昨天确实做得不对，她也认识到了自己的错误要改正。可是要跟全部人员道歉……据我所知，昨天不仅有二十多位电视台工作人员在现场，同时来的嘉宾除了您，还有四五个，都带着自己的经纪人、化妆师等工作人员。这么算下来的话，轻樱需要跟不下五十个人道歉！”

“你不是说她很有诚意吗？嘴上说说就是诚意了？”金铭敏看了徐晚乔一眼，继续说，“我知道你也是电视台的工作人员，我也并没有说不能有人帮忙。只是她身为这个圈子的新人，自然就要懂规矩，我这也是给她一个教训。”

“前辈……”

徐晚乔还想继续求情，却被许轻樱拉住。她对他摇摇头，冲着金铭敏露出了进门后的第一个微笑：“谢谢前辈的教育，我一定会取得所有人的原谅的，您就等着重新录制吧！”

许轻樱话一说完就拖着徐晚乔离开了休息室。

徐晚乔有些生气：“你知道这是多大一个工程吗？五十多个人啊！你花一天的时间都不一定能搞定，更何况你自己还有行程。”

“可是我确实做错了，我不想因为这件事情连累到大家，特别是马上就要总决选了，我不希望大家的关注度降低。”

许轻樱说着，又眨巴着大眼睛看着徐晚乔，眼睛里的真诚让他不忍拒绝：“所以，徐导演，趁着我现在还有时间，拜托你带我去找昨天的工作人员道歉吧！”

“真是……败给你了。”徐晚乔看着那双只要一眨就让自己忍不住心软的眼睛，什么拒绝的话都说不出来了。

还好许轻樱的运气不错，因为昨天的录制事故，工作人员正全体在会议室开会。在徐晚乔联系工作人员时，许轻樱也给金北打了电话说了具体情况。

原本她做好了据理力争的准备，没想到金北居然直接肯定了她的做法，还答应要帮忙找到昨天嘉宾方面的相关人员。

“轻樱，我终于在你身上看到一个门面该有的样子了。”电话那头的金北感叹道。

“是啊是啊，总不能因为我一个人让大家对我们整个团都印象不佳吧？放心吧，徐晚乔在我身边，他会陪着我的。”

“也好，毕竟他在电视台认识的人多，出现在你周围也不会很扎眼。等这边处理好了我就去接你。”金北一边安排，一边温柔地说，“轻樱，加油！”

“加油！”

挂掉电话后，许轻樱像是打了兴奋剂般斗志昂扬，她蹦到徐晚乔身边，挽住了他的胳膊：“出发吧，徐导演。”

肃穆的会议室里，气氛有些沉重。

许轻樱踏进门的那一刻，无数目光汇集到了她身上。

不满、嫌弃，甚至厌恶的目光压得她几乎抬不起头来。

“她怎么还有脸来？”

“是啊，节目因为她都暂停录制了。”

“Pinkgirls的是吧？以后不要邀请她参加节目了，据说之前就跟郭导演发生过冲突，真是谁请谁倒霉。”

……

不知道从谁开始，议论的声音越来越大，许轻樱迎着那些目光，觉得越来越羞愧。

原来自己留给他们的印象这么差，原来这才是他们眼中的自己。

任性、受不了委屈、只会添麻烦……

在她看不到的地方，是不是金北和彭芃还有成员们为了她的任性不得不埋单，承受相同的待遇？

她不想这样，不想因为自己让整个Pinkgirls受到负面评价。

想到这里，她突然充满了勇气，一鞠躬行了个九十度大礼：“对不起！给大家添麻烦了！”

这是什么情况？

在场的工作人员都有些摸不着头脑。

许轻樱保持着行礼的姿态，大声说："过去是我不懂事，给大家添了很多麻烦，对不起，今天我是来道歉的。即使大家讨厌我，也请不要讨厌Pinkgirls！"

说完，许轻樱直起了腰："我已经去找金铭敏前辈道过歉了，只要我能获得昨天摄影棚里所有人的原谅，她就会同意继续录制。只要是我能做到的，我一定全力以赴！"

说完，许轻樱轻轻迈步走到离她最近的一个工作人员面前。这个女生是节目编导，她们曾经私下遇见过。许轻樱对她笑了笑，弯腰鞠躬："对不起，请你原谅我。就算讨厌我，也请不要讨厌Pinkgirls！"

许轻樱一直保持着弯腰的姿态，反倒让面前戴着圆框眼镜的女生有些不好意思。她有些慌张地摆摆手，把许轻樱扶起来："好了好了，我原谅你了，不要一来就行大礼呀，你的粉丝看到会心疼的。"

许轻樱回了她一个漂亮的笑脸："我以后会加油的。"

说完她直接走到旁边胖乎乎的摄影导演面前："对不起，请你原谅我。就算讨厌我，也请不要讨厌Pinkgirls！"

说完，她再次弯下了腰。

"对不起，请你原谅我。就算讨厌我，也请不要讨厌Pinkgirls！"

"对不起，请你原谅我。就算讨厌我，也请不要讨厌Pinkgirls！"

"对不起，请你原谅我。就算讨厌我，也请不要讨厌Pinkgirls！"

……

一遍一遍地重复，一次一次地弯腰，许轻樱的脸很快被汗水打湿，汗水一滴一滴落在了地上。

原本等着看好戏的人，在看见她这样的态度后，都沉默下来。

第九个、第十个……第二十三个、第二十四个……终于到了最后一个，也是这个节目的导演面前。

已经有些虚脱的许轻樱努力摆出笑脸，可是配上她已经苍白的脸色和被汗水打湿的头发，让人觉得有些心惊。

“导演，对不起，请原谅我。就算讨厌我，也请不要讨厌Pinkgirls！”

当她说完这句话弯下腰时，穿着黑色T恤衫的导演并没有马上叫她起来，反而陷入了长久的沉默。

许轻樱也没有站起来，依旧保持弯腰的姿势，只是双腿已经在微微颤抖。她只能死死咬住自己的下嘴唇，让疼痛驱走其他意识。

漫长得仿佛一个世纪后，导演终于开口了：“许轻樱，你知道因为你昨天在节目上打瞌睡让金铭敏老师生气离开，浪费了我们多少心血吗？”

“我知道。”

“你知道要协调这么多人和嘉宾的时间来录制节目，我们的工作人员费了多少心血吗？”

“我知道。”

“你知道这个节目如果照常播出，你会增加很多黑粉吗？”

“我知道。”

“那么，作为这个节目的工作人员，我原谅你，但是作为这个节目的导演，我们必须如实把现场的情况播出去。所以，如果你能取得金铭敏老师的谅解重新录节目，我们会配合，但是如果不能……你的演艺事业可能就此结束了。”

“我知道了，谢谢导演。”

许轻樱终于直起已经僵硬的腰，先给了导演一个安心的微笑：“我的错自然要自己来承担。但是我有一个不情之请，这些错是我造成的，请导演不要因为我一个人而对Pinkgirls全员有意见。”

看着她坚定的样子，导演摇了摇头：“暂时不会。”

终于达到目的，许轻樱原本紧绷的神经放松下来。她努力挺直腰跟其他人道别，却在出去后关上门的刹那晃了一下。

一直跟在她身边的徐晚乔不着痕迹地伸出手搂住她的腰，把她往旁边带了带。

许轻樱虚脱地半趴在他身上，任凭他把自己带到了办公室。

终于坐在软软的椅子上，许轻樱忍不住舒服地长吁一口气。

徐晚乔递给她一杯热水，说：“干得不错哦，轻樱小姐。《治愈大本营》的导演是出了名的严厉，今天他能松口说这样的话，就证明有戏。不过你也要做好准备，这期节目播出后一定会有很多不理解的粉丝咒骂，说不定还会涨很多黑粉。”

“没关系，既然我是Pinkgirls的门面，自然就要担起责任。”许轻樱喝了一口水，总算觉得热量和暖意回到了体内，“工作人员这边搞定了，接下来就等金北联系过其他人后，我亲自去道歉了。”

“轻樱。”

“嗯？”

“我觉得你好像……突然长大了，现在才感觉到你真的已经是Pinkgirls的门面了。”

“什么呀？我一直很棒的好不好？”

“好好好，我只想说，我以你为傲。”

3.

徐晚乔的话就是许轻樱最好的营养剂，她从没想过有一天，一直帮她遮风挡雨的徐晚乔也会说出这样的话，那么她自然不能让他失望。

从金北那儿知道其他嘉宾和工作人员的联系方式后，许轻樱还是像上次一样挨个去道歉，而《治愈大本营》的导演不知道怎么想的，居然特地派摄影师过来拍下了这一幕幕道歉的情形。

因为摄像机在，即使想刁难一下，但是为了自己的形象，嘉宾们都愉快地接受了轻樱的道歉。尽管也有作秀的成分，但至少结果是好的。

终于道完歉，许轻樱没有停歇直接去找了金铭敏前辈。在摄影导演的做证下，得知许轻樱确实已经取得了所有人的原谅，金铭敏表示愿意重新录制节目。

许轻樱一直悬着的心终于放了下来。

晚上，《治愈大本营》播出。面对网上的一片骂声，轻樱第一次没有任何负担地微笑应对。

反而是徐晚乔担心她有压力，再过两天就是总决选，可是现在的情况并不乐观。

“走！”徐晚乔突然站起来，顺便把穿着粉红色卡奇兔家居服的许轻樱也一把拉了起来。

“干什么啊，徐晚乔？我今天没有行程了。”

“我带你去一个地方。”

徐晚乔没让许轻樱换衣服，就直接把她牵去了停车场，上了车，然后一脚踩下油门。

许轻樱透过镜子看了看自己的素颜，又看了看自己脚上的白兔绒毛拖鞋，想吐槽两句，不过看到徐晚乔的脸色后，最终什么话也没说。

算了算了，难得徐晚乔疯狂一次，随他吧。

没想到竟然又回到了电视台。

“徐晚乔，你是不是发烧了？大晚上的把我带来电视台干什么？三个小时前我才从这儿回去！”

徐晚乔没有说话，径直把她带到了一个封闭的会议室。这里跟楼下的摄影棚一样，装满了大大小小的舞台灯和音响，甚至连摄像机的预设轨道都有。

“这是哪里？”许轻樱一边四处打量，一边看着这个会议室，恍惚间以为自己是在摄影棚。

“这是你们公司今天刚刚确定做总决选会场的地方。轻樱，两天以后这儿就是你决战的地方。”徐晚乔的声音里透着温柔。

“这里啊……”许轻樱看了看周围，心里却没有丝毫激动的情绪。

也许是寄托了太多感情，也许是走到这一步经历了太多不容易，明明有满满的复杂的感情，却不能轻易发泄出来，反而变成了一种微妙的情绪，悄悄滋养着每一个记忆深刻的瞬间。

她一步一步往台上走，脚下的每一步似乎都能找到对应的记忆。第一次上台时的意气风发，后来录制综艺节目时的不适应，之后因为找不到自我定位而彷徨，以及最近因为惹祸而跟其他人道歉……

汹涌而来的记忆差点将她淹没，在即将踏上台的那一刻，她忍不住回头看了看。

那个修长挺拔的身影一直站在门边。他只随意穿着灰色羊毛开衫和质地柔软的黑色家居裤，却硬生生显出了英伦范儿。

他微微上挑的眼睛一直看着她，眼里的温柔和宠溺像是温泉水般暖暖地包围着她，哪怕只有她一个人走在路上，也不会畏惧寒冷。

她的每一步，都有他在身边。

被教授误会时，是他出面帮她解释。

因为自责发脾气时，是他在身边安抚。

找不到定位别扭时，是他耐心提示。

是有多幸运，在她还没有开窍时有他在身边一直陪伴，哪怕是荆棘遍地，他也牢牢握着她的手，带她穿越困境。

“徐晚乔，我喜欢你。”许轻樱下意识地呢喃出声，虽然声音很小，但还是被那头的人听见了。

修长的身影一震，神情有些难以置信。徐晚乔目光灼灼，刹那间身边仿佛有许多桃花绽放。

“轻樱，你再说一遍。”他长腿一跨就走到了许轻樱身边，轻轻握住了她的肩膀。

“我说，我喜欢你。”许轻樱看着惊喜在他的脸上不断扩大，让他原本就好看的五官显得分外柔和。

许轻樱忍不住伸手摸了摸他的脸："徐晚乔，我觉得自己很幸运，因为一直有你在身边。"

徐晚乔一把将她抱在了怀里，做过的一切，此刻都有了意义。

轻樱从小被大家捧在手心里，很多东西都不需要她去争取或者请求便能拥有，所以从某方面来说她有些迟钝，并不知道自己到底要什么。他虽然一直以她的男朋友自居，可是也知道，让她开窍会是个漫长的过程。

没想到，惊喜来得这么快。

许轻樱靠在徐晚乔宽阔的肩膀上，觉得整个世界似乎都宁静了。只要在他的怀抱里，就不用害怕也不用慌张，只要做自己就好。

"徐晚乔，谢谢你把我带来这里。不管后天的结果是怎样的，我都不会后悔。"

"一起？"

"一起。"

有了徐晚乔的承诺，轻樱觉得一切困难都不再像想象中的那般可怕了。

终于到了万众瞩目的这一天。Pinkgirls的成员们已经打扮好，穿着红白格子制服装。大家没有按照之前的顺序排位，而是按照姓名拼音首字母先后顺序坐好。

此刻许轻樱旁边坐着的并不是熟悉的彭芃和苏妙娜，而是两个并没有怎么说过话的成员，彼此间还有些生疏。

许轻樱的座位也不再在熟悉的前排正中央，而在稍后靠右的地方。

她眯着眼睛看了看，彭芃在前排，而苏妙娜离得也不远，不知道是不是巧合，两人居然在前后排相同的位子上。

无数摄像机已经开始工作，抓拍着开场前她们的反应，停留在许轻樱跟苏妙娜身上的时间明显比别人要多。

即使没有宣之于口，大家也知道，这其实就是苏妙娜和许轻樱的争夺战。而战果，充满了悬念。

苏妙娜当暂时门面时，努力的姿态大家有目共睹，也圈了很多个人粉丝。

前天《治愈大本营》播出后，对许轻樱一面倒的批评也让大家对她的结果不看好。谁知昨天第二集播出后，许轻樱道歉的姿态和金铭敏难得一见的称赞，却让大家看到了一个成长后的门面，口碑又发生了极端的变化。

所以今天的结果，分外有悬念。

金北和Jackson作为主持人主持这场活动。原本听说杜墨也闹着要来，结果不知道Jackson又用了什么办法，他就乖乖一个人带着保镖去了影视基地，所以闹场的可能因素也被清除了。

总决选的投票是从十天前开始的，完全由粉丝投票决定人气，公司并不干预。

台上的金北已经念到了第十名，从前五名开始，现场会在宣布名字后播放个人短片，这无形中增加了前几名的曝光率。

许轻樱旁边的成员已经陆续被点名。

“第四名——”Jackson尖细的声音故意拖长，让人觉得连等待的时间好像也被拉长了，“这位是曾经参加过我们Pinkgirls集体综艺的女生，以她特有的柔弱赢得了广大粉丝的好感，因此她的得票数达到了13249票，这已经是个很好的成绩。”

现场只剩下许轻樱、苏妙娜、彭芃和莫莫没被点名。许轻樱低着头闭着眼睛，没有说话。

“她就是——莫莫！”

镜头扫过坐在前排的莫莫，她一脸惊喜地站了起来，然后快步走上舞台，接过主持人递过来的鲜花。

“我很满意这个名次，但我一定不会止步于此。我的粉丝们，谢谢你们，请你们明年帮助我走到更高的位置！”

镜头里她的神情非常明朗，连眼睛里都充满了向往。

许轻樱却没有心思去关注这些，因为宣布了彭芃是第三名后，马上就会揭晓最终的结果。

终于，彭芃的纪录片结束了，主持人再一次站上了舞台。

“我们Pinkgirls从出道以来经历了很多事情，作为经纪人我很高兴看到这群女生扛了过去走到今天的位置，我为她们每一个人感到骄傲。”

金北的话勾起了现场很多人的回忆。

Jackson接过话题，继续说：“是呀，我们杜墨出道以来合作最多的女明星就是Pinkgirls了，杜墨为她们贡献了自己的力量，就是不知道，谁会有这个机会成为杜墨下部剧的女主角？”

“没错，在此我也代表公司宣布，将会在明年拍摄第一部自制剧并由杜墨担任男主角，而女主角的人选，便是这次总决选的冠军。”

“唰——”

许轻樱忍不住抬起头，紧紧盯着台上。她刚进入娱乐圈时的梦想便是当演员，而此刻，她居然有机会跟自己曾经的梦想如此接近？

“哈哈，果然是个大惊喜。那么究竟谁会得到这份惊喜呢？我们要先宣布第二名。”

“她是舞台上的阳光女生，也是Pinkgirls中实力出众的成员……”

许轻樱已经听不清这些表扬的话，她只想快点听到那个名字，无论是不是自己。

“她就是——苏妙娜！”

苏妙娜的名字响起的那一刻，许轻樱的眼泪也跟着流了出来。这不是喜悦，不是难过，也不是任何单一的感情，仿佛是太多情绪杂糅在一起终于控制不住，喷涌而出。

苏妙娜仿佛早已预料到这个结果，站在台上的她笑得自信又灿烂：“今年我只走到了这里，已经没有遗憾，谢谢给我投票的粉丝们。明年，让我带着大家，走得更远！”

许轻樱强撑着为她鼓起了掌，却觉得时间突然过得好慢。当她的名字终于从主持人嘴里说出来时，她站了起来，一步一步坚定地走到了台上。

她从金北手上接过花，金北给了她一个拥抱，小声地在她耳边说：“恭喜，轻樱你是当之无愧的门面担当。”

许轻樱眼里含着泪，笑着点了点头。她转过身面对台下，无数闪光灯亮起，她就像掉进了无边的星海里。

她先低头整理好自己的情绪，再抬起头时，眼睛里已经只剩下欢喜：“谢谢我的粉丝们。一路走来，我并不是个成熟的门面担当，惹过很多麻烦，也让成员跟工作人员操了很多心，谢谢大家能包容这样的我。今后我会担负起作为组合门面的责任，跟彭芃一起带领Pinkgirls走得更远。各位，就算讨厌我，也请不要讨厌Pinkgirls！”

简单的一句话里包含了她全部的真心，而这句话早在昨天节目播出时，就已经成为了网络最热门的话题。

不可否认，许轻樱这样的觉悟，让很多人意识到，Pinkgirls是一个团队。也是这句话，让很多原本犹豫的粉丝投下了票，送她名正言顺地走到了整个队伍的顶点。

Jackson虽然有些不乐意，但还是拿出了一份杜墨签过字的合同。无数镜头下，许轻樱在合同上签上了自己的大名。从此以后，她离演员的梦想又近了一步。

鲜花、掌声、闪光灯，还有喝彩声，让许轻樱仿佛掉进了一场华丽的梦境。她捏紧手上的合同，生怕下一秒美梦就会醒来，直到她在那个角落看见了那个熟悉的身影。

徐晚乔站在门边看着她。台下明明有那么多人，许轻樱却能轻易地捕捉到他的身影，仿佛其他人都变成了背景，只有他一个人在人群中独自发光。

多幸运，有你一直在身边。

谢谢你，给了我最长情的告白。

记忆馆 PK 扶花苑，出租啦！

有个地方叫迷迭香记忆馆，它乃一家出售、寄卖回忆的神秘之所，这里有冷漠帅气的馆主、甜美可爱的店员、妖孽毒舌的“网红”、温柔多情的白领……

有个地方叫扶花苑，常年花开，四季如春，千年镇宅脊兽四面守护，这里有款式多样、性格各异的美少年、也有热辣俏皮的武馆少女……

记忆馆和扶花苑，美景、美食、美少年、美少女，应有尽有，那么问题来了，现在两家都有房出租，谁家更容易租出去呢？现在，让我们来进行PK吧！

☆居住环境PK

记忆馆主打元素——文艺小店

迷迭花香，橘黄色光芒，小资情调装修风格，印象派油画，欧式实木沙发，迷迭香雕花。梦幻的美，缓慢蓝调音乐，轻盈而优雅。

扶花苑主打元素——古风小院

汉风园林会馆式建筑，红墙黛瓦，古色古香，屋顶上排列各种脊兽。清晨细雨，淡薄阳光，蝴蝶在花苑内飞舞，空气舒适且清新。

☆人文环境PK

记忆馆

馆长：周稷　　桃花眼，天生便比别人多一分风流，不爱笑

店员：夏云梦　　甜美可爱

扶花苑

苑主：花慕晴　　喜欢种花，会擒拿术，拥有甜甜的笑容和甜甜的声音

守护者：慕安　　脊兽龙太子，天真无邪，貌美如“画”

另外，住在记忆馆内的顾客，可享受售卖、存寄记忆的服务；住在扶花苑的顾客，可享受由守护者脊兽慕安带领顾客去脊兽世界一日游的服务。两家的房子都属于高端品质房源，房间有限，名额有限！先到先得！

选手1号 · 骑士范

姓名：安芃染

代表作：松小果 《美型骑士团 · 星辰王女》

制服宣言：美型骑士前来觐见，星空闪耀下的骑士精神是我最大的信仰。

内容简介：

“学霸”夏小鱼最大的爱好是看参考书；最喜欢的游戏就是做参考题。

可是谁来告诉她，为什么她突然得继任什么星空守护使，还要负责守护星空城的和平？这简直是在浪费她做题的时间！

还没等她反应过来，星空守护三骑士绚丽现身——

永远欺压在她头上的全校第一天才美少年安芃染说话刻薄就算了，还敢嫌弃新任守护使？

天使般可爱“正太”樱寻狐岛竟然足足有三百岁，结果莫名其妙地被抓走？

拥有奇特思维的“酷炫”系不良少年息九桐暮姗姗来迟，怎么是“吃货”“话唠”？

呜呜呜，为什么解除骑士魔咒的办法是星空守护使的祝福初吻？

“学霸”少女的日常生活完全混乱啦！

选手2号·科研范

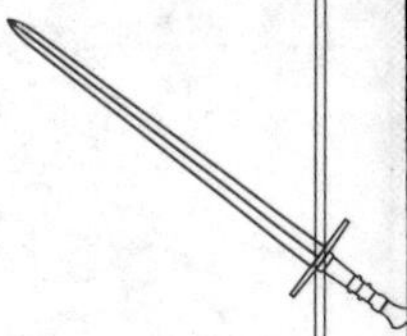

姓名：北祁一

代表作：艾可乐 “星座公寓”系列《**绝版双子座拍档**》

制服宣言：进击吧，双子怪君，你可是穿白大褂最好看的科学家！

内容简介：

名门大小姐项甜甜来到爱丽丝学院后，一心想摆脱社交障碍，交到朋友，却无意中成为桔梗公寓怪异美少年北祁一最配合的实验伙伴。

蟑螂的绝地反击、疯狂太空舱考验，呜呜呜……实验过程真的好痛苦！但是为了维持和北祁一之间珍贵的友情，项甜甜告诉自己一定要忍耐、忍耐、再忍耐！

友情持续发酵，逐渐散发出了恋爱的香甜气息，项甜甜快要沦陷了。

可是，就在她被北祁一的温柔打动，准备告白的时候，才知道北祁一竟然一直在欺骗她，他根本就不想和她做朋友，而只是……

北祁一！准备接受真心的惩罚吧！

两大占卜高手测算“不幸”预言，

鬼才双子对决内向摩羯，最不搭配星座“囧萌”相遇，将带你领略爆笑巅峰的浪漫恋情。

选手3号·王子范

姓名：阿普杜拉·斯坦尼·诺夫拉斯

代表作：艾可乐《**我家王子美如画**》

制服宣言：除了我这种真正的王子，还有谁能穿出这种王子范！

内容简介：

存在感微弱的“透明”少女苏苹果，某天竟然从樱花许愿树下“挖”出了一名貌美如“画”的王子殿下！

哈哈，难道是她撞上绝世大好运了吗？

不不，樱花王子只有颜值，智商却严重“掉线”，“撩”妹不自知，送礼送心跳……

苏苹果都后悔答应帮他完成秘密任务了！

可狡猾如狐的路易王子、傲慢的贵族少女阿尼娜来势汹汹！

一个爱算计人心，一个对王子虎视眈眈，透明少女能勇敢逆袭，为她家的“蠢萌”王子抵挡住强敌吗？

奢华美色，暖心拥抱，满分微笑，浪漫甜吻——

让艾可乐带你玩转现代宫廷恋爱！

选手四号·明星范

姓名：时洛

代表作：茶茶《**心跳薄荷之夏**》

制服宣言：拥有明星衣橱和演员的自我修养，各种范应有尽有！

内容简介：

长跑是慕小满的特长，她失去了……

孤儿院是慕小满充满回忆的地方，也快要消失了……

元气少女慕小满，为了获得拯救孤儿院的资金，忐忑地跟坏脾气的大明星时洛签下百万真人秀合约，却在与时洛的相处过程中，在这个除了颜值什么都没有的大明星身上感受到了被守护，慕小满慢慢沦陷。

可是，来自时洛的堂弟时澈莫名的追求和已经成为富家千金的昔日孤儿院好友的陷害，让慕小满和时洛渐行渐远。而时洛背后，一个始料未及的来自最亲近的人的阴谋，正在慢慢浮现……

绝世美男团的“男子力”角逐　现在开始，

选择你最喜欢的选手，去买他的代表作支持他吧！

抹茶星光，甜蜜年华

吱，这里是巧乐吱的开年专场！

祝大家新年快乐，新年吉祥，新年如意，新年爱吃啥就吃啥，绝对不长胖！
言归正传，在新年的美好开头，大家需不需要一些慰藉心灵的“小甜品”呢？

吱吱在这里诚意推荐两款超美味的“甜品”哦！

第一款心灵甜品：抹茶味的清新故事

《初恋星光抹茶系》

米其林甜点师vs“吃货”冷美人
因为一块抹茶曲奇谱出的浪漫甜点独奏曲

巧克力文学代表巧乐吱
重磅推出“美食忠犬系”超满分限量组合

一间只为等待你的香气咖啡屋
一位守在原地的神秘花美男
一切都只为在璀璨星光里，再次和你相遇

第二款心灵甜品：糖果味的浪漫故事

《糖果色费洛蒙之恋》

糖果色的梦幻甜蜜故事
迷惑人心的韩系费洛蒙式恋歌
坚守老字号糖果店的活力少女vs集团高傲的继承人
巧克力文学掌门人巧乐吱打造超浪漫的校园恋爱物语
命中注定的夹心太妃糖之恋
奇妙的心跳邂逅

悲情女王作家陌安凉手握时光，
打造纸上残酷青春大戏：

《你让青春暗伤成茧》

你试过那样喜欢一个人吗？
像跗骨之蛆那样，不管会被憎恶还是讨厌，都缠着他。
仿佛只要你永远不放弃，他就是属于你的。
【夏婵】

大雪过后的街道，死一般寂静。
我一个人在这样的世界，走啊，走啊……
相信走到头就会好，即使现在有诸多不幸。
【莫奈】

慈悲能填补空虚，宽恕能包容罪孽。
我们背负希望，缠在宿命织成的网里。
走轮回里的定数，每一步，不偏不倚，都是隐隐的痛。
【江淮南】

心如蚕茧 · 步入荆棘 · 爱成刀刃 · 宿命撕扯 · 一场雪祭
年少的碰撞 X 青春与岁月的煎熬 X 孤独的世界

亲爱的，你后来总会遇到一个人。在无人安慰的整个青春，那些让内心煎熬过的东西都会成为你荣光的勋章。
陌安凉手执命运之线，赠你一段逝去的旧时光！
相遇 · 别离 · 破碎 · 伤痛
神会给那些悲伤的灵魂，抚以安息的双眸。

《你让青春暗伤成茧》内容简介：

你曾是我触手可及的幸福，
你也是我永远触碰不到的遥远，
我们被包裹在密不透风的坟场里——
挣扎、拥抱、流泪、刺伤、离散。
你让我的青春暗伤成茧，我为你一生不再破茧成蝶。

忘·情

WANG · QING

唐家小主 著

TANG JIA XIAO ZHU

在唐家小主的新书《**忘·情**》中，男女主角上演了一段极为纠结的恋爱，两人既是“**师徒**”，又有着“**宿仇**”。
他为她取名“涣芷熹”，意为希望她止于离散、仇恨，只留明亮与温暖。
但他忘了，“涣虞”本身就象征着分离与欺骗。

就男主角名字的意思来看，他属于六月的“香豌豆花”。
花语：温柔的回忆、再见、分离、充满喜悦。这代表甜蜜温馨的回忆。
女主角则属于十一月的“雏菊”。
花语：开朗、天真无邪、忠诚的爱、和平。此花通常是暗恋者送的花。

看了以上介绍，大家是不是很好奇自己的诞生花花语啊？
且看小编为大家一一介绍——

一月“樱草”：初恋、含羞。你深藏的热情会令人融化。

二月“香水紫罗兰”： 永恒的美。一位充满智慧与爱的少女。

三月“勿忘我”：真爱、永不变心。代表希望与美丽。

四月“郁金香”：爱的告白、幸运、永恒的祝福。代表着性感、美丽和狂野。

五月“三叶草”：快乐、誓言、约定。代表着希望与幸福。

六月“香豌豆花”：温柔的回忆、再见、分离、充满喜悦。

七月“洋苏草”：热烈的思念。此花有种不可思议的神秘力量。

八月“百合花”：伟大的爱、神圣、纯洁。此花是纯洁的象征。

九月“香水矢车菊”：朴素、朴实。拥有此诞生花的人有种强烈的好奇心。

十月“大波斯菊”：坚强、少女的纯真、永远快乐。此花蕴藏无尽的喜悦。

十一月“香豌豆花”：开朗、天真无邪、忠诚的爱、和平。

十二月“风信子”：顽固、喜悦、幸福。此花成为情侣间守节的信物。

《那朵青春要开花》之论自带滤镜的初次相遇

某编辑： 作为《那朵青春要开花》中最早开始“发狗粮”的一对，请问你们是怎么相遇的呢？

男生视角·冯亚星：

机场里，我正在找出口，然后呼啦啦来了一群戴着口罩、帽子，举着手牌还拿着单反相机狂奔的人。我退了两步，不小心把她撞倒了。那一刻我听到了心动的声音，特别清脆。

女生视角·郭漂亮：

我是“我爱豆个站”的前线记者，辛辛苦苦就是为了拍张好图，还特意换了高配置的相机……结果使用新相机的第一天，那个智障傻愣愣站在中间不让道，我叫他让开，他还撞倒我，当时镜头就碎了！我看到镜头碴稀里哗啦往下掉，发出来的声音脆得我心都碎了……

某编辑： 后来呢？

男生视角·冯亚星：

后来她趴在地上看着我，眼神清澈得就像小鹿斑比。我一下子就愧疚了，立马护着她，扶她起来，跟她道歉……但她好像害羞了，红着脸就走了。

女生视角·郭漂亮：

我趴地上的时候我爱豆当时就愣住了，一脸心疼地看着我。我的天，那个眼神……我的心都要碎了！心脏扑通扑通跳得好快。我想这下子我爱豆肯定要过来扶我了……结果，那个傻瓜揪着我衣领把我拎了起来，简直就像拎着一只小鸡仔！那个傻瓜还拉着我不让我走，气得我都要脑充血了！浑蛋……

某编辑： 用一个词来形容一下你们的初次相遇。

男生视角·冯亚星：

怦然心动吧！

女生视角·郭漂亮：

生无可恋……

某编辑： 看来两位还是有一个相当难忘的初次相遇呢！

冯亚星脸含羞涩&郭漂亮无可奈何： 那当然啦！

林深见鹿，鹿有孤独

锦年 著

【林深小剧场】

前言：令余南笙没想到的是，两年之后，换了新的城市、新的工作环境之后，自己竟然又落到沈郁希的“魔爪”中。一想到自己刚进报社那段“不堪回首”的日子，余南笙的心里就禁不住打了个冷战。而更令她想不到的是，她工作之后的第一个任务竟是访问刚刚从战地回来的沈郁希。

访问彩排中：

余南笙（好奇脸）：沈老师都去了哪些国家啊？（内心：这可能是一次报仇的好机会！）

沈郁希（面瘫）：很多。

余南笙（继续好奇脸）：有什么经验能和我们这些普通新闻工作者分享的？

沈郁希（继续面瘫）：没有。

余南笙（尽力掩饰尴尬）：那……沈老师，你得知自己获得最佳新闻人奖时心情是怎样的？

沈郁希：实至名归。

余南笙（微笑脸）：沈老师在做战地记者的时候遇到了什么特别的人吗？（内心：沈郁希，你一定是故意的！再不配合点，我要掀桌子了！）

沈郁希（看了一眼余南笙的表情，努力憋笑）：特别的人没有，但经常会想一个人。

余南笙（脸微红）：那有没有遇到过很危险的情况？（内心：啊，在说我吗？）

沈郁希：有啊。

余南笙：所以你这次是打算回归平淡，不再过枪林弹雨的生活了吗？

沈郁希微微一笑，直直地看着她。

沈郁希：想着如果我受伤一定会有人担心得要命，我不想再让她担心了。

余南笙（假装一本正经）：我想，网友们一定想知道，这位令沈大记者魂牵梦萦的人究竟是谁。

沈郁希（弯了弯唇角）：这个嘛……无可奉告。

余南笙：啊，沈郁希，你别跑！我还没问完呢……

沈郁希起身拿了瓶可乐，然后回了自己房间，表示并不想再进行这样毫无营养的访问。

而余南笙一怒之下，打开超市购物袋，打算把沈郁希准备晚上看球吃的零食全部消灭。

《盛爱晚夏》

年少的她，为了爱勇闯直前，却因无心犯下难以原谅的错。

而命运似乎嫌她不够悲惨，在黑暗中张开巨大的手，将她推入深渊。

从此，他再也无法听到她甜甜地叫自己——小季哥哥。

她从被人捧在手心的公主，沦为阶下囚。

两年后，当盛夏从铜墙铁壁中再获自由时，等待她的，又将是什么？

——你不能要求一个不喜欢你的人对你多好。

——那现在你为什么又要接近我？

——因为我喜欢你。

《盛爱晚夏》

——安晴巨献“救赎”系列第二部

愿年少时所有的过错都能被原谅，

愿心中的善念才是最终结局。

那些逝去的美好或不如意，

都将在时间的长河里安睡。

这是开往夏天的车，

往后都是绿叶成荫，

繁花似锦……

守护甜心，羁绊之结

凉桃 著

本该八竿子也打不到一起的人竟然意外相识，成为**“假情侣”**。

发展到最后，**“冒牌女友”**正式上位，来了一场弄假成真的戏码。

少女的浪漫
人与妖的冒险
鲛人千年之恋的痴情
亲人间的背叛

在**《守护甜心，羁绊之结》**中，
凉桃将一一为你展现！

“朝，朝向晨……”

“嗯，我在。”

“朝向晨？”

“我在。”

“向晨？”

“我在。”

“小白脸？”

“我在。

“大浑蛋？”

“我在。”

我在，我在……这次，无论你叫多少遍，我都在。我再也不会离开你了……

行走在诗和远方

——安晴

距离从清迈回来已经有大半个月的时间了，心却似乎依然停留在那里的蓝天白云下，甚至梦里依然念念不忘警居旅店旁那僻静却开满各种小花的林荫道。随意地在街上四处闲逛，在不经意间总能遇到一些修行者，还有来自世界各地的艺术家，他们每个人脸上的神色都很慵懒，仿佛自己是处在一个与世隔绝的地方，生活节奏慢得好像整座城市都刚从睡梦中醒来。

在旅程最后一天，我偶然遇到了两对来清迈拍婚纱照的情侣。我之所以对他们印象深刻，是因为两对新人居然都是双胞胎，相似的容貌在旁人看来，根本很难分辨出谁是谁，可他们却可以第一眼就认出彼此的恋人。

和他们告别后回到旅馆，我忍不住点开几个月前已经写好的稿子《我的世界以你为名》，重新翻阅了一遍。这个故事里的两位男主角也是一对双胞胎，他们虽然有着相似的容貌，性格却截然不同。之前写的时候，我好几次差点情绪失控，为每个人在青春岁月里的痛和泪、爱与付出。当你遇到一个人，他会为你收起他的顽固脾气，是因为他爱你；当他把你的兴趣也变成他的兴趣，也是因为他爱你；当他为你做出许多不可思议的改变，那更是因为他深深地爱着你。

回顾这几年的创作经历，我觉得自己真的很庆幸。从第一本《你是我的命运》，到最近上市的《南风替我告诉你》、《岁月还未来得及缠绵》，这期间我走过了许多地方，留下过很多温馨美好的回忆，也在旅途中激发出大量的创作灵感，以此构想出了很多故事。如果有人要问我最值得骄傲的事情，那大概就是不忘初心，一直坚持着最初的梦想——行走在远方，追求着诗意的生活，写着可以带给你们感动的故事。

深情款款

时间：初冬的某个深夜
地点：夏小桐的后宫
（欢迎入群：575020455）

菜菜：
有没有人在啊？（一片寂静……）

菜菜：
有没有人在啊？（依然一片寂静……）

菜菜：

加恩小姐：
已经备好小本子。

哗啦啦小雨：
收到！

寒污婆：
我来啦！

菜菜：
果然……来来来，大家来分享一下，这些年听到、看到最深情的一句话吧。

加恩小姐：
好像没我什么事……

寒污婆：
有一次我问我男朋友：有人追我怎么办？他很认真地说：你不跑他不就没法追了！嗯，好像说得还挺有道理……

哗啦啦小雨：
去年冬天，下着大雪，他把手套和围巾都给我。我问：你不冷吗？他说：我冷一点没关系。（脸红）

爱麻辣烫的夏小桐：
为什么变成了一场秀恩爱分享会？（摇了摇菜菜的肩膀）

周款款：
说到这个，我想起了叶叙对我说的那段话。
“以前，我只顾埋头创作，初次认识她时甚至还觉得她又土又俗。可后来我才发现，自从有了她，我才知道什么叫真正的活力和生活。艺术来源于生活，不光有阳春白雪，还有下里巴人。她改变了我。有句诗是这样的，‘我爱你，不光因为你的样子，还因为和你在一起时我的样子’。”

菜菜：
好甜✪ω✪，看得我都想谈恋爱了！不过这位周款款同学，你是从哪里窜过来的？

周款款：
啊？我从《深情款款》而来。

菜菜：
看来无论是学习“撩汉”，还是“撩妹”，都得多看书啊！

周款款：
嗯，比如说@爱麻辣烫的**夏小桐**的新书**《深情款款》**，你们值得拥有！

学长，你又机智了

俗话说，唯女子与小人难养也，但“池珺珺”却觉得
“凌寒枫”比女子和小人加起来更难搞定！

【现实】

“池珺珺，实验器材都消毒了吗？”
“池珺珺，培养液配好了吗？”
“池珺珺……”
“学长，求你给我一分钟喘气的时间……对了，学长，你负责抓的小白鼠呢？”
“要不，你躺上去模拟一下？”
“学长，你能不这么坑人吗？”
“不能。”

【游戏】

“不是说PK吗？你到哪儿了？”
“在路上呢，大概20分钟后到达目的地。”
“没有传送符？”
“要1金呢！”
[好友“傲寒天”给您发来“传送符”一张。]
“记得你现在欠我3万金了。”
“一张传送符3万金？你怎么不去抢啊！”
“我现在不是在抢你吗？”
“到底还讲不讲理了！”
“不讲。”

“进击的白团子”成名作《同学，你马甲掉了》姊妹篇**《学长，你又机智了》**
比玩网游的奥数冠军更“男神”的学长机智登场！

——学长，你能不这么机智吗？
——不能。